U0457537

家信系列

给父亲的
29 封信

马 兵 选编

山东画报出版社

图书在版编目（CIP）数据

给父亲的29封信 / 马兵选编. –– 济南：山东画报出版社，2018.10
（"信·心" 家信系列）
ISBN 978–7–5474–2946–4

Ⅰ.①给… Ⅱ.①马… Ⅲ.①儿童文学 – 书信集 – 世界 Ⅳ.①I18

中国版本图书馆CIP数据核字（2018）第234021号

给父亲的29封信
马 兵 选编

责任编辑 王一诺
装帧设计 王 芳

出 版 人 李文波
主管单位 山东出版传媒股份有限公司
出版发行 山东画报出版社
　　　　社　　址　济南市市中区英雄山路189号B座　邮编 250002
　　　　电　　话　总编室（0531）82098472
　　　　　　　　　市场部（0531）82098479　82098476（传真）
　　　　网　　址　http://www.hbcbs.com.cn
　　　　电子信箱　hbcb@sdpress.com.cn
印　　刷 山东临沂新华印刷物流集团有限责任公司
规　　格 130毫米×210毫米
　　　　　　6.5印张　8幅图　80千字
版　　次 2018年10月第1版
印　　次 2018年10月第1次印刷
书　　号 ISBN 978–7–5474–2946–4
定　　价 25.00元

如有印装质量问题，请与出版社总编室联系更换。
建议图书分类：青少年

写在前面

　　家书对中国人的影响是深远的，它涵盖了夫妻之间的相濡以沫、父母与孩子两代人的情感沟通。在战火纷飞的年代，它是"烽火连三月，家书抵万金"的珍重；在漂泊无依的游子看来，它又是"乡书何处达？归雁洛阳边"的希望。而在今天，时间和距离已被现代的技术手段填平，一通电话、一条微信、一次视频便能与远在千里之外的家人联系，家书显得有些不合时宜，然而家书的魅力就在于写信人从一笔一笔手写到完成，再等待收信人拆封后一字一字阅读、回味，文字流溢于笔尖经过时间的延宕以信的形式呈现在另一个人面前，似乎更妥帖、更符合人类情感的相遇，情感是一种很缓慢的东西，它需要一次次试探，涓滴汇流成河。何况很多时候，我们对最亲近的人却无法说出爱字，夫妻如是，父母与孩子亦是如此。而家书之于当下的魅力或许也在于此。

在我们一生的成长中，父亲扮演的往往是那个给子女的人格和情感的基础打下第一桩的引导者，也是子女成长过程中心理秩序的维护者，他多半以严厉的面目出现，甚至动辄苛责和训斥，却是孩子们疲累的时候最想依靠的那座大山。于是，我们一面安心领受父亲的庇护，一面又试图暗自蓄积力量试图冲破父亲塑造的秩序。台湾作家三毛曾把一封给父亲的信命名为"一生的战役"，很形象地说明了作为子女与父亲相处的这种矛盾心态。可见，在跟父亲的交流中，家信相比面谈，也许是沟通情感、分享心事甚至隐秘的更合适的载体，对亲情的融洽、心性的涵养和家风的传承甚有助益。因此，我们遴选出写给父亲的家书29封，汇成一册，以飨读者。

书中收录家书以近代为限，不分国籍、年龄、身份，不论所记事之巨细，皆以有真情、有道理、有回味、有反思，有碰撞为入选之标准。家信中有一大部分是子女就自己的人生志业、艺术修养和职业规划向父亲的请教和汇报，如达尔文在旅途中给父亲的信、闻一多致父母书、海伦·塔夫脱写给总统父亲的信，包括方声洞、邓恩铭烈士给父亲的信等，还有一类是表达感恩和敬慕之情的礼赞父亲的文字，如冰心给父亲的长信，周蓬桦等追悼亡父的信，打工青年沈令给自己做矿工的父亲的信等。这些文字或字字泣血，或字字入心。所谓"尺牍书疏，千里面目"，阅读这些滚烫的文字，读者不但可以感受到一位位伟大或普通的父亲的舐犊之情，也可以唤起和激发我们作为之女敬老感恩的同情心和同理心，若有读者愿意立刻拿起笔来给老父亲写一封家信，那更是此书莫大的缘法了。

目　录

I

写给从未平凡的爸爸

孙雅欣

亲爱的爸爸：

从前很少给你写信，执笔竟一时不知该从何说起。笔杆在纸上投下长长的影子，思绪又回到了无数个昨天。

你开车带我出门，我总喜欢在后座上叽叽喳喳地说个没完。清晰地记得有一次，我托腮望着车窗外一驶而过的风景，向你抱怨年已十七的我却未曾踏出国门的惆怅，而你只是不以为意地笑笑，戏谑般回道："我都四十好几了，也没有出过国呢。"

那时我竟局促得缄默不言，心里却有如滂沱大雨般汹涌不止。

我刚刚步入一个绚烂如花的季节，大好的青春年少在我面前漾成了海。可是，在你十七年的默默陪伴中，我却鲜有真正注视过你愈加苍老的背影。而对于你的年龄，我甚至还要掰着指头算一下才能得出结论——你已经四十五岁了。

纵观你的日常——送我上学，单位上班，加班到深夜方能回家。枯燥而单调的生活，一年到头都没有什么改变。越来越疲惫的身躯，越来越沉重的任务，越来越无趣的生活，夹在触目惊心的清单中单曲循环。

彼时深夜，我揉着惺忪睡眼踱步而出，只在那酣眠和清醒的短暂罅隙间，却依旧见你半掩的房门溜出清光一脉。那帧画面至今烙在我的脑海深处——你桌上的茶还在黑暗中蒸腾着热气，正方形的电脑荧屏上是密密麻麻的数据，你驼着背伏在电脑前，而我甚至看不出你眼中的神情，那是一种怎样的目光啊，疲惫又木然。你修长的手指在键盘上敲打着千篇一律的代码，像是生活就在指尖下无声溜走。

我的悲哀，如潮水般涌开。不为别的，只为你对这开不出花的岁月的接纳。

的确，这十七年来，我也早已习惯了你的早出晚归。从大学毕业到现在，你已经工作二十二年。忙碌，几乎成为你生活的代名词。在这重复的日子里，你是如何经受一如往昔不变的打磨的，我无法想象。我向来想不通你那一条路走到黑的不知所以的执着，究竟是什么，让你在这单薄如纸的青空之下付出遥遥无期的忙碌？

我曾自作聪明地妄自揣测过你的内心。我说你是身陷沼泽的井下客，是一意孤行的苦行僧，在一成不变的世俗中无力挣脱，抑或是不愿挣脱。

生活的优越也给予了我精神的富足，从小，在你的睡前故事中阖上双眼，我的梦境便成了一场童话，处处生花。抛开现实的压力，我总是天真地认为，生活应该有梦有歌，世界应该有诗有远方——理想主义者不甘于黯淡于平庸，要不枉此行方称快意。

看着你憔悴的面容和参差的胡茬，我曾无数次想过——我不会像你一样。

每个人都是自己世界里的小小英雄，哪怕负隅顽抗，也要一苇以航寻找梦中的江湖，我的心随着各种媒介铺天盖地的信息蠢蠢欲动，人就该活一把潇洒痛快，只怕平凡碌碌一生。

望着你通宵达旦加班赶点的身影，品着你对生活的无奈和寂寞，我愈加不理解你对生活的选择。

那个夜晚在我的脑海中模糊，已记不明晰了，只记得，星星格外的亮。

你盘腿坐在凉席上，手中握一把蒲扇，与我促膝长谈。也就是那时，我才真真切切地听到，你的童年，你的青春，被命运偷走了太多东西。

"只是拿那粘好的竿儿一戳，知了就被牢牢地粘在竿儿上，一动也动弹不得……折一片柳叶，对嘴吹，能吹出山歌的调调来……"你轻摇着蒲扇，叙述着自己童年在乡下的那段无忧岁月，越说越兴奋。我饶有兴趣地听着，眼前早已绘出了画面。

那是一个在阳光下绿得有些透明的小村，当时你也不过四五岁的光景，和一群小伙伴成天泡在林子里，捕虫捉鸟，爬山戏水，不亦乐乎。我能看到你们屏息凝气，一步步逼近树梢那些不知大祸将近还依旧高歌的知了，日光斑驳，透过花间罅隙泻了一地碎金。听到你为了摘枣爬上大树却摔得狼狈，我还禁不住捧腹大笑，那时我着实羡慕你色彩斑斓的童年。

随着年龄的增长，你肩上的担子越来越重。不仅要上学读书，还要照顾年幼的弟弟、承担田务。那时你比我现在小得多，却每天迎着浓重的夜色骑几十里单车的山路去镇外的学校，还在秋天的丰收时节被玉米锋利的叶子划得胳膊鲜血淋漓。有那么一天，依然是黎明到来之前，你因为饥饿倒在了上学的路上，不知多久后醒来，身上的衣服已被冷汗湿透。睡在山中的危险可想而知。望着我胆怯而担忧的眼睛，你也只是轻描淡写、付之一笑。

最黑暗的日子到来了，你还只是个和我一般大的少年，却经历了最刻骨铭心的逝亲之痛，我的爷爷奶奶相继离你而去。从此你独自扛起了生活，承担了所有我现在想都不敢想的酸楚。我想不出，一个孩子，要有多坚强，才能在经历了这一切之后直面生活。

你以县里第二的成绩换得了城市的通行证，成为村里唯一一个大学生，这都是后话。直到你因一首诗与我的妈妈邂逅，漫漫的家庭生活才在你面前徐徐展开。我眼中的平凡，是你用多少苦难换来的一隅安宁啊！

爸爸，你可知，在一个尚不知道远方是何物的年纪，我就开始思慕所谓的远方，现在看来，不过也是对眼前生活的一种乏腻罢了。少年人总是这样，三分钟热度，自以为能够面对生活的搏击，实际上，远没有竞争的资格。

我不相信你没有野心，不相信你未曾考虑过那些轰轰烈烈。韶华易逝，你终究是选择了最奔波劳累又最枯燥无味的生活。可我再也无法自作聪明地去揣度你，因为我知道，甘于接受平凡甚至平庸的生活，在千篇一律的日子里消磨着年少时的梦。你驻足的理由，是身后的一个家。

我以为我是对的。我说我不会像你一样。

可是如果我长大了，而我的身后有一个家需要养活，我记忆里的时光伤痕累累，眼前有人值得我去牵挂，那我还能否抛开一切执念，追寻我的远方和洒脱？——我当然不能。

你是我的爸爸，用最平淡的生活，最无声的语言，教会了我太多太多。

生于平凡，甘于平凡，或许将归于平凡。但你从未平凡。

　　我亲爱的爸爸。你的平凡，虽败犹荣。

你的女儿　雅欣

2018年8月14日

　　孙雅欣，高中在校生。曾获全国作文考级暨现场作文大赛一等奖，北大培文杯二等奖，全国中小学生创新作文大赛优秀奖。作品发表于《山东文学》等刊物。这封信是2000年后出生的年轻人写给程序员老爸的一封信，信中的父爱如山，无言而深沉。

一朵兰花瓣，正悄悄落下

贾浅浅

读到这封信的时候，他正在书房同别人说话，我坐在他的旁边。屋里的菩萨和小兽默不作声地望着我，而我的头却抬不起来了。说不上来是感动还是悲伤，心头就像压着一块石头似的喘不过气来，我忽然哭出了声，眼泪汩汩地流着，像要接满桌前放着的那块凹石。

他趔着身子，看着我，声音柔软地说："你还读哭了？！"我知道他有时还拿我当小孩一样，我也故意拽着他的袖子要把眼泪鼻涕往上抹。他嘿嘿地笑了，说是写了整整一个早上。

在家里，我是最跟他没大没小的一个。常常当着屋里屋外的人搂着他的脖子，揪他的寿眉。着急的时候他会喊：不当当（商洛方言，意为没大没小），过后依然在电话里按我的要求用响亮的亲吻作以结束。是呀，"文坛上山高水远，风来雨去"，他怎么忍心让自己女儿活得辛苦呢。这几年只有自己做了母亲，才体会得出那其中的深意。"做好你的人，过好你的日子，然后你才是诗人。"这也许是全天下所有的父母对儿女的期待。我忽然就想起来他在我婚礼上的那段讲话，也一样是这贴心贴肺的三句话。

"诗可以养人，不可以养家，安分过一般日子吧。"像开出的莲，它却长在淤泥里。"风刮风很累，花开花也疼。"当人们的目光都停留在腾空而起婀娜多姿的青烟时，往往忽略了那炷香的存在。

"长跑才开始，这时候两侧人说好说坏都不必太在心，要不断向前，无限向前。"这让我想起了他的创作，不就是这样吗？我划了根火柴，燃起一根烟夹在他的食指间，笑着说我想起了一句诗，

"两岸猿声啼不住，轻舟已过万重山"。他搔搔头说"好"。

　　一朵兰花瓣，正悄悄落下。

浅浅

2018 年 1 月 16 日

　　作家贾平凹的女儿贾浅浅的第一部诗集《第一百个夜晚》在北京举行首发式，贾平凹因故未能到场，但他提前给女儿写了一封信，对女儿诗集的出版表示祝贺。贾浅浅读到贺信后，给父亲写了这封回信。

前中国女排队长写给父亲的信

惠若琪

亲爱的老爸：

这是我第一次给您正式写信，以前好像都是那些保证的小纸条吧。什么我再也不吃KFC了，我保证好好学习，冲进多少名，等等。都是一些破破烂烂的小纸片，不过您那时都保存了很久，还常常拿出来和我翻旧账呢。

转眼间，咱们父女一起走过了27年了。但越长大，能在一起的时光却越少，甚至我有时回家还敲错了家门，但从小对您的崇拜与爱却不曾消减。我身边但凡了解我生活的人都会说，惠若琪，你有一个模范老爸。说这些话的人，他们一定知道，您在我打球初期每一场必去现场加油，甚至录下来，方便我回看；知道您在我受伤后，总是第一时间赶到我身边陪我。

但是，这些真的只是九牛一毛。别人看不到的，是我小时候，您每次出差都会给我带我最喜欢的动画片，还让我骑在您的脖子上闹腾；我第一次崴脚，您背起我着急忙慌地飞奔去医院；我做完手术，您蜷曲在沙发上彻夜陪护，疲惫地睡去；在我受到委屈、受误解时，您比我还着急上火，满嘴起泡；在我每次取得点滴进步时，您比我还兴奋激动，夜不能寐。

请原谅我那时候还小、不懂事，体会不到您的不易和付出，一直着急着想让您认可我，甚至还因为大家常常说"我是惠飞的女儿"而愤愤不平。您可不能怪我哦，我想让您为我也感到骄傲，我要让大家以后说：这是惠若琪的爸爸。

于是，我特别努力地学习，特别努力地练球。当我中学考试拿到成绩单时，给窗外的您比了一个"1"，暗示着我得了第一名，我看到您笑得都合不

我是你的骄傲吗？还在为我而担心吗？你牵挂的孩子啊，长大啦。

拢嘴了。当我里约奥运夺冠回来，把金牌挂在您的脖子上，您激动得脸通红。于是我以为我成功了，成为老惠家的骄傲，但当看到您头上显出的白发，我又迟疑了。

那一次自拍，您看着照片问我：爸是不是老了？我突然发现，我在证明自己、追求梦想的道路上一往无前，却忽略了那个默默付出的您。我从没有正式地感谢过您，甚至对您为我做的事习以为常。都说父母的爱是无私的，从不埋怨苦累，而我却还幼稚地想一较高下，忘记了正是有您在我身边陪伴的那些年、做过的那些事，才有了今天的我。所以我不再纠结那个名称了，反而更想大声地告诉大家：我是爸爸您的女儿！

记得国家队那年流行《父亲》那首歌，我每一次都能唱哭，特别是那句：我是你的骄傲吗？还在为我而担心吗？你牵挂的孩子啊，长大啦。未来的日子里，也希望您一定要注意身体，我也会抽更多的时间陪您和妈妈。虽然我是女儿，但我也是家里的长子。

我们的家，以后就交给我吧。

您的女儿 惠若琪
2017 年 12 月

惠若琪（1991— ），前中国女排队长，司职主攻。和队友一起拿到亚锦赛冠军世锦赛亚军和2016年里约奥运会冠军，2018年2月正式退役。2017年圣诞节，惠若琪给父亲慧飞写了这封表达感恩之情的信，慧飞激动地回信说，女儿是他这辈子最大的骄傲。

朵拉图给父亲的信

朵拉图

爸爸：

您近来身体好吗？家里一切都好吗？爸爸，我在万籁俱寂的深夜，满怀愧疚地给您写这封信。每次我和妈妈视频聊天，您都会坐在妈妈的身边静静地听，每次她都会唠叨一些不是问题的问题，我则向她抱怨我有多忙，我的时间不够用，写材料、写稿子经常写到深夜。每当这时，您总是小声对妈妈说："孩子忙，你就少说几句吧。"每次我想再和您聊一会时，您都说没有事，不说了，让我早点休息。每次我都感觉到您有千言万语想说，却又违心地不肯多说一句话。

近两年来，由于采访写作任务繁重，我已经两次错过您的生日。每次我忙完采访写作任务之后，深感内疚地奔赴您所在的威海，给您补过生日时，您都安慰我说："还是不过生日好呀，这样上帝就忘了我的年龄。以后别把过生日当成负担，啥时候有空回家多住几天，忙就别回来了，时间都浪费在路上了，你也辛苦。"您虽然这样说，但我心里明白您是多么盼着我回家。每次知道我要回家，您都会早早地去超市买排骨，买蔬菜和水果。每次一进门我就能闻到浓香的红烧排骨的味道，这是在大酒店里吃不到的味道。

爸爸，每次我采写劳模，脑海里都会浮现您的身影、您的奖章。可是我却一直没有时间写一写您。我幼时的记忆里，军事测绘学院毕业的您，因为工作需要，曾经连续四年每年去新疆工作大半年。第一年，妈妈面带微笑牵着我的手给您送别。那时冬天刚过，树木还没有发芽。大半年后，您回家时已经是初冬，树上的绿叶早已枯萎落尽，而您又黑又瘦。第二年，仍然是在春天还没有到来的时候，妈妈面带庄重的表情送别您。大半年后又是初冬，归来的您患了严重的胃病。我们也渐渐了解到，那里的环境是无法想象的艰苦，一望无际的戈壁滩，看不到绿色，没有水洗澡，饮用水和食品全靠军用卡车从几百公里以外运来，没有青菜，食品都是真空包装的或者是罐头。第三年，妈妈了解到没有人连续两年去新疆，坚决不同意您三去新疆，而您说必须服从组织安排。妈妈忧伤地送别您。第四年，部队领导亲自来家里，说服妈妈支持您的工作。妈妈哭了。那是我第一次看见妈妈哭。那一年，妈妈流着泪送别您。您的眼睛因整整四年没有看见绿色，最终留下视物疲劳的后遗症。

那时我还不懂离别之痛，盼您回家，更多的意义是盼您带回哈密瓜与葡萄干。这两样现在看来非常普通的食物，那时是去过新疆的标志。妈妈很少吃葡萄干，也许是葡萄干的甜总能勾起离别的苦涩。她常把葡萄干保存到第二年您带回新的葡萄干时，让我感觉总有吃不完的葡萄干。每次从妈妈手里拿到有限的几粒葡萄干，我都会再分给小伙伴品尝。当然，每次我都会骄傲地说，这是只有新疆才有的葡萄干，是我爸爸去新疆工作带回来的。那时，我以为您在新疆可以随时吃到哈密瓜和葡萄干，根本不知道您是在完成任务返回的途中才能买到。

上次回家，妈妈还絮叨说过多次的话题。您年轻时总是出差，有一次妈妈领着一岁多的我走在街上，看到路边的宣传栏里有王杰穿着军装的宣传画，我跑过去指着红五星和红领章喊爸爸。妈妈清晰地记得，当时她就哭了，抱起我说那是英雄王杰叔叔，我脸上委屈的表情让她心酸。回家时，再次路过宣传画，我站着不走，指着画说，那不是爸爸，是王杰叔叔。妈妈再次抱起我，一边表扬我聪明，一边抹着泪快速离开。我从会喊爸爸到那天，仅见过您两面。

爸爸，您1990年出版的《测绘学公式集》被翻译成4个国家的文字。一版再版。时隔二十多年，现在百度搜索仍显示："目前无货……此书为绝版图书，售价高于原价……"很多人敬佩您的才华，没有人真正看到您的背后，妈妈付出了多少。没有人能想象到，时至今日，您说起在潮汛沟里拉皮尺测量的战士，一个海浪打来，人就不见了时，依然伤心欲绝。这些永远无法愈合的伤痛，促使您发明了新的测量技术。十年前，古稀之年的您，获得"航空摄影测量新技术"国家专利。

爸爸，您在我的眼里，除了是父亲，还是一个有责任有担当的军人，而妈妈是文学、艺术素养很高的多才女子。她对书法和文学作品的鉴赏水平让我受益很多。爸爸，信写到此，已近黎明，只能把千言万语汇成一句感谢，感谢您赐予我健康的身体与端庄的容貌，感谢妈妈赋予我慈悲的胸怀与对文学的爱好，让我本来庸常的生活充满诗情画意。

爸爸，好好保重身体，多和妈妈聊聊天。我爱您！

爱您的女儿

2018年8月7日

朵拉图，山东省报告文学学会副会长、青岛市作家协会副主席，新锐作家，著有长篇小说《北京故事》《与浪漫无关》等，另有报告文学和散文作品若干。这是一位女儿在微信时代写给父亲的家信，家长里短里有牵记，字里行间里有感恩。

给矿工父亲的信

沈 令

亲爱的爸爸：

听妈妈说20世纪90年代，我们家里经济条件很差，您为了让我们吃好穿好，接受好的教育，为了让奶奶安享晚年，全家过上幸福的日子，您选择了矿山，您放弃了读高中的机会，从温暖的家里离开，独自一人去当矿工。

当上了一名采煤工，在充满瓦斯、积水、高温的千米巷道深处挥汗如雨，吸着大颗大颗的煤尘。

人们都说干煤矿安全系数低、很危险，稍有不慎就会引发事故，每当您下班没准时回家时，妈妈和我们的心总有那么一丝担忧，每当看到妈妈焦急的表情，听到妈妈轻微的叹息声，我总是在心里一遍遍地默念爸爸平平安安，爸爸快点回来。最难忘的是进门后，您满脸的疲倦，静悄悄地拉上门，帮我盖上被子，我们只想天天都能抱抱您，因为对于孩子来说，您的怀抱是那么的温暖而宽广……

每当电视新闻里有矿难事故的报道，您总是非常关注救援情况，叫我们回家开个会，给我们分析原因，告诉我们防范措施和避灾方法。还不断嘱咐，工作时一定要牢记安全第一的方针，决不能违章作业，马虎大意，更不能存在侥幸心理，及时排查隐患，多学学安全生产知识和作业规程，不懂不会的就向老师傅学习，查查资料。

爸爸，矿工多苦多累多脏多危险，您从没向我们提起过，可能是怕我们担心吧。记得上学时我们学校组织学生到井口给矿工送温暖，看到一个个黑人经过安检站出来，从我身边走过。忽然，一个熟悉而又亲切的声音叫住了我，我简直不敢相信自己的眼睛，眼前就是刚下班的爸爸，您穿着满是煤尘的工作服，汗水湿透衣背，您的脸比非洲人还黑，只看见眼珠子在转动……顿时我的心与眼睛一样，都在流泪，而您却笑着说，傻孩子，哭什么，矿工的后代只流汗、不流泪。

爸爸，有些我难以启齿的话只好在信里说，我曾因为你是矿工而感到自卑，人们都说矿工就是一群傻、大、粗、黑，工作在苦、脏、累、险、差的地底下，别人问起您在哪工作，我都说你是一名矿工。中专毕业时，我根本不想回煤矿工作，怕被别人看不起，您很严肃地对我说，你知道世上最无价的是什么吗？是生命，矿工用最无价的生命和血汗换回的是闪闪发光的煤炭，所以人们称煤炭为乌金，它给我们带来了光明和温暖，大家都不采煤，人们怎么生活？当时我为我的浅薄而感到无地自容。现在我以我有一个矿工之家而自豪。

老爸，真的很感谢您，是您保护着我们和妈妈，还有我们的家，是您用那双辛勤的手为我们撑起一片天，让我们可以在蔚蓝色的天空下无忧无虑地成长，是您辛辛苦苦、日日夜夜的工作，为我们换来一个安定和睦的家，您就是家中的梁，是奶奶的心、是妈妈的天，是我们的山。

爸爸，您这份矿山情结再也无法解开，只因您用青春热血换来了家庭的幸福，矿山的繁荣，这份矿工情缘再也割舍不断，只因我们矿工子女日日月月履行着安全规程，实践着人生的价值。

爱你的儿　沈令

2017年6月16日

沈令，普通打工者。这封信是沈令写给在桐梓县大河煤矿掘进队担任队长的父亲沈建平的。写信的当天，正是父亲节。沈建平的老家在重庆南川区南平镇农村，自幼家境贫寒，后来，他携家远走福建，在永安矿务局下属的一家煤业公司继续自己井下采煤的矿工生涯。沈令说，父亲所从事的职业一直让自己牵挂和担忧。

严歌苓给父亲的信

严歌苓

亲爱的爸爸：

昨晚到达阿布贾（A bu ja）时，发现我们的飞机是这个首都机场唯一的降落者，可见此地的寥落。停机坪上可以开荒，一群不知名的黑鸟（不是乌鸦）扑向尚未发光的月亮。美国大使馆的住宅区离机场有一小时的车程，到达住处已很晚，正好邻居送来意大利面和蔬菜色拉，吃过就休息了。

清晨醒来，一夜暴雨停了，窗外是陌生的鸟

语，这才意识到已身在非洲，真觉得不可思议。天还不全亮，坐在大门边打盹儿的非洲哨兵被我惊醒，迷蒙中礼数也是周全的："尼日利亚欢迎你！"他用带浓重乡音的英文说，眼睛非常好奇，显然中国女人在这里是少见的。游泳池其实就在我们后院，但因为找不到后门钥匙不得不从前院绕行。没走近就看见一池子艳红的落花，是被昨夜风雨扫进池内的。周围墙头上，花仍不减繁荣，并没在风雨后"绿肥红瘦"。犹豫了一会儿，决定还是下到池里，不然很难消磨这个人人睡懒觉的星期日清晨。马上就发现这是一种极难领略到的美境。潜入水中，仰脸能看见深桃红色的花瓣，盖子一样覆在水面，低头，是一池底的绿叶。什么样的原理主宰了这红与绿的沉浮，不得而知。天亮之后，满池的红花绿叶就是垃圾了，将被清洁工清理出去。

从池的另一头浮出水面，看见两只彩色蜥蜴伏在池边，一只是橘红尾巴紫灰身体，另一只有条粉红尾巴，淡赭色身体，都有七八寸长，竟然像四爪兽那样蹲坐。昨天刚下飞机，看见一条小蜥蜴还吓得惨叫，今早已能近距离地观赏它们了，可见我的生存本能足够强健。在非洲，不能与其他动物开展外交，休想生存。对了，不知这两只蜥蜴是不是我们常常说的"变色龙"？我对非洲动物的知识等于零，您常常看美国"国家地理"的"发现"频道，说不定能给我解答。不止是蜥蜴，仔细看水面上的落花，我发现不少鲜红的蜻蜓尸体，也不知它们为什么要集体投水。也许是在风暴前飞得太低，被雨打进了池内。游泳池一头朝东，一头朝西，东边是拔地而起的阿索岩（A SORO CK），形状有些像桂林的山峰。太阳其实已升出地平线，由于阿索岩的屏障，从我的角度看，东面的天空还是太阳橙红色的投影。不知名的大树举着肥大的叶片，梢子上已经镀有亮色。一个浓艳的非洲早晨，因为它我顿时原谅了这个外交官院落不近情理的一切：宽大丑陋的房子，蠢笨的殖民时代家具，轻易就被打断的电视网络……虽然大使馆有自己的供电供水设备，昨夜还是几次断电。刚刚下飞机时，新鲜感所驱，我对来瑞说："我们在这里待三年吧！"（他的任期或两年或三年，选择在自己。）但一看到我们的房子和内部陈设，我又说："两年！最多待两年！"离开北京前，谈到安排您来尼日利亚旅行，现在我担心了：这样缺乏审美趣味、保守的室内布置连我都吃不消，更何况您了。听说大使馆常常有当地民间艺术展销，我想买一些织片和木雕来，也许可以抵消一些装潢的平庸。在一个如此有文化特色的自然环境里，弄出如此乏味的居住环境，在我看，真是罪过。您常常说："喂肚皮容易，喂眼睛难。"而非洲是一片多神奇的土地啊，它的人民从来没有喂饱过肚皮，却从来不让自己的眼睛饥渴，并用他们生命力无限的艺术品，去喂整个人类的心灵。没有非洲的艺术，就没有毕加索。

我坐在游泳池边，面对着阿索岩，心想，人造环境的平庸，被自然环境的美丽加倍补偿了。热带的天空和阳光，热带的奇花异木，组合成的风景也那么热烈浓郁，尽管被墙头上密实的铁丝网切割碎了。我们院落的墙头上都圈有这样的铁丝网，满是倒刺，可以设想它能让逾越者刹那间皮开肉绽。正是铁丝网提醒了我，此院中的人们可能正被院外的一些人视为大敌，因为这个国家百分之六十的人口是穆斯林。七点刚过，来瑞穿着游泳裤来了。我提议早餐就开在池边，他欣然同意。我回家煮了一大壶咖啡，又烤了法式牛角面包，用托盘端到池边的小桌上。我对来瑞说："好吧，就在这里住三年吧。"他太了解我了，因此他听出了这句话的真意；他把它当作"我现在很快乐"来听。他明白我每一分钟的情绪都可能左右我的决定，而这个决定是不能当真的，他吃亏就吃亏在他已经太当真了。但他情绪昂扬起来，乐意接受我这一分钟的决定。

上午来瑞的同事上门来展示他的车。一辆八成新的银色"SUBARU"越野车，非常漂亮，正是我喜欢的一种。他马上要离任，急于出售他的车。美国外交官都是相互买卖车辆，因为他们不能确定下一个国家是否允许带车进入，或者，那个国家的车是左方向盘还是右方向盘。有了车，我就能真正地深入非洲，去走访二百多个讲不同语言的部落，去大象、狮子徜徉的野生动物园。对于您这位非洲迷，我的信不知会不会让你失望。也许我的第一印象不够公道，等有了进一步感受我再给您写吧。

严歌苓（1958— ），当代著名小说家、编剧，代表作有《天浴》《少女小渔》《第九个寡妇》《陆犯焉识》《小姨多鹤》等。严歌苓的父亲萧马也是著名作家，著有《破壁记》《巨澜》《铁梨花》等。严歌苓旅美时认识了美国外交官劳伦斯，二人结婚后，劳伦斯被派往尼日利亚，严歌苓随行，在非洲给父亲写下了这封家信。信中她向父亲详细介绍了居住地附近的非洲风情，以满足父亲多年来对非洲大地的好奇。

父亲的"沂蒙脸"

简　默

敬爱的爸爸：

您还好吗？

您走了二十五个年头了。我却极少梦到您。这是因为，我从心底根本无法接受您不辞而别的现实，执拗地觉得您是出了一趟远门，比如到了贵州的外婆那儿，又也许正在另一座陌生的城市风尘仆仆地奔波，过上一些日子，您会突然轻轻地推开门，像一阵风带着我熟悉的气息回家。只有翻开户口簿看到上面的户主已经移交给了妈妈，守望热闹而短暂的除夕迎来了新年的第一天，面对二十五个恩重如山高耸肩头需要顶礼膜拜的父亲节，我脱口叫声"爸爸"却被四壁硬生生地顶了回来，您苍凉苦涩的身体不再深刻地投影于室内了。至此我真的相信您彻底远行了，您乘着萧萧寒风一去兮不复还，像赴一场没有归路的约会，决绝地连头都不回，背影越走越远，缩成了一粒蝌蚪，再也游弋不进我踮起脚尖望断天涯的秋水中。

您的胞衣埋在了一座叫沂蒙的山的怀抱里。我不会相面，但我见过不少从这座山里走出来的人，他们中有些是您的兄弟，有些是我的兄弟，无一例外地都扛着一张差不多的脸，我称之为"沂蒙脸"。这是一种类似于国字脸，却稍长、欠饱满的脸，上面写满的是苦难与沧桑。这张脸很关键，它既是物质的，又是精神的，决定着它的主人一生的价值取舍与行为方式。

您也有一张"沂蒙脸"。小时候的您顽劣而淘气，您是爷爷最小的儿子，爷爷叫您"三儿"。有一年夏天您牵着毛驴进了山，齐膝深的青草茂盛稠密，散发出香甜的气息，吸引着毛驴边埋头咀嚼边惬意地喷着响鼻。您玩兴顿起，扯过拴毛驴的绳子系在了自己腰间，毛驴信蹄由缰地边吃边走，您也跟着走。猛然间，从草丛里蹿出一条大蛇，昂头吐芯逼视着驴子，吓得它一步一步地后退，掉头没命地狂奔，一路拖拽着您。风声在您耳边呼呼跑过，青草与绿树一闪仰倒，最终缠绕在了一棵粗壮的柿子树上。这次死里逃生的经历给您腰间留下了一块碗口大的伤疤，可以想见当时的惊心动魄与千钧一发。我见过这疤，深深地陷了进去，像一口漩涡，瞧上一眼便忘不了。但我怎么也想不到它是这样来的。您走后，我听妈妈偶然说起这事，起初还有些怀疑，那时的您与后来我眼中的您实在相距太远，我没法将它与您的懦弱、平淡、呆板、固执天衣无缝地纫到一起。

您靠着自己的努力，终于将根从泥土里拔了出来，迈着两条沾满泥的腿去济南读中专了。这种强大而顽固的背景一生都在潜移默化地影响着您，比如您脑子里很有些重男轻女的思想，我和弟弟的先后落生曾经带给了您无穷无尽的骄傲与满足。您欢喜并疼爱着我们，陪我们去爬山，带我们去捉鱼，这些与大自然亲密接触的举动至今追忆起来仍觉轻松快乐，韵味悠长。那时候我们不好好吃饭，每顿都要剩些饭菜，您总是一股脑儿地拨到您碗里，默默地吃掉。您是怕浪费了，乡村出身与经历让您认为放弃一粒饭都是犯罪，都会因此而背负沉重的罪恶感。当时我们一家最欢愉的时光就是您趴在地上，双手撑地，两腿前行地轮流驮着我和弟弟，少不更事的我们骑在您温暖的背上，兴高采烈地喊着叫着，被您一步一步地驮着绕屋爬行，妈妈边饶有趣味地看着边嗔怪着我们。若干年后，我也有了儿子，等他到了我那时的年龄，我也吃他剩的饭，同样是怕浪费了，也趴在地上，双手撑地，两腿前行地驮着他在室内爬来爬去，惹得妈妈笑着说我惯孩子，笑过后又躲到一边悄悄地抹眼泪。我清楚妈妈想起了过去那些完整丰盈的欢愉时光。

但您却不放松我们的学习。我理解这同样与"沂蒙脸"有关。从这座山里走出的人，心中揣着对父母的牵挂和对孩子的期望，却唯独没有自己。这时的您让我紧张，有时甚至让我嫌恶。那时我学习爱关门，锁上插销，似乎怕人打扰。您总不放心，在门外搭了凳子踩在上面，隔着玻璃看我在干什么。起初我不知道，到了晚上困倦难忍就睡着了，您在门外喊着我的名字，我在懵懂中惊醒方知您一直在"监视"着我，正当青春期的我油然生了强烈的逆反，有时干脆拿了小说，上面伪装以课本，埋头津津有味地读，以此来蒙骗您。您还来到学校，近距离地了解我的学习情况。您时常站在教室外头，透过窗子观察我，我自然不知晓，仍旧做着小动作，扭头与人说话，都逃不过您的法眼。后来，有人捅了捅我，告诉了我。我同样理解这是"监视"，而且是公开的"监视"，让我在同学面前很没有面子。我像跟您有仇似的，以叛逆的姿态和对抗的行动，故意跟您犯犟，甚至气您。有一次天骤然冷了，冻得我直打哆嗦，您给我送毛衣来了。可我想到您昨天站在教室外"监视"我的情景，梗着脖子语气坚硬地拒绝了，态度冰冷地进了教室，将您一个人晾在了那儿。您终于不放心地将毛衣请班主任转交给了我，听班主任说您怕有人欺侮我，求他照顾我，说着说着您眼圈竟自红了。您从未计较过我的抵触与敌视，您一有空就跑去书店为我买参考书，用您独特的字体写上我的名字。活在您的目光中，我老是觉得您就像一根藤，箍在我的脖子上，越勒越紧，我都快喘不过气了。

我终于未能如您愿，考上了一所很一般的大学，您显得很失望。毕业分配了，我不愿去乡村教书，您到处托人找关系，终于找到了县长，县长同意我改行去文化局。接下来您又去找教育局，局长却不同意，您一遍遍地强调"一把手都同意了"。这惹恼了局长，随口吐出一句"谁同意你找谁去"，就像秀才遇到兵有理讲不清，不谙官场规则的您一下子被噎着了，愣在了那儿，您说啥也想不通县长同意的事情怎么还会有障碍？这让您手足无措，一时不知怎么办才好，只是一遍又一遍地喃喃重复"一把手都同意了"……我终究逃脱了教书的命运，当然也没去文化局，而是到了一家煤矿。报到那天，您从单位要了一辆吉普车，拉着铺盖和脸盆等送我去。矿上安排我到工区跟着下井，我怕受到伤害，更怕死亡，它们一个都不是我想要的，但在黑暗与潮湿中它们每一个都可能发生，因此我必须丢弃铺盖，后退，转身，逃离，才能躲开与疏远它们。又是您原谅了我的临阵脱逃，替无颜面对矿工兄弟的我，到矿上取回了铺盖和脸盆等。

我结婚时，您已经肝癌晚期了。为了让您在

临走前能够看到我这个长子成家，了却您眼前的一桩心事，我必须抓紧完婚。在送请柬的事上，您坚持要我送给单位的每一位领导，邀请他们赏光来喝喜酒，说这样尊重领导，说明你眼里有他们。而程序应该是收了他们的礼金后，再给他们送请柬，没等别人送礼金，就主动给人家乱发请柬，岂不是上门跟人家要钱吗？我不可避免地与您生了冲突。您根本不听我的解释，妈妈在一旁劝我，你就依了你爸爸吧。我拗不过您，在您的监督下一一填上了名字。第二天，我跟一位同事说了，他笑话我伸手跟人家要钱。我听了一把将那些请柬都撕了，扔进马桶冲入了下水道。中午回家后，您问我送了吗？我答送了。到那一天，单位领导一个都没来，您很失望，转而安慰我说，没关系，别放在心上，你送了请柬，他们不来是失礼，但你眼里有他们就够了。

那天在大门口照相，好心人搬来一张长椅，您和妈妈并肩坐着，我和妻子在你们后面站着，凝视着正前方因频繁化疗而脸瘦如匕首的您，和您几乎掉光的花白头发，我鼻翼酸楚，心底绞痛，落下了泪。听妈妈说，中午开宴时，听着热闹的鞭炮齐鸣，您很激动，坐卧不宁，一个劲地搓着手，撺掇妈妈一起到宴席上看看，但您滑行在下坡路上的身体却已无力承担。

从异乡到异乡又回到故乡，您一直追赶着四季奔波住院，我有幸陪伴了您每一天，看到了您对生的留恋与向往，这不能不说是一种在痛苦与折磨中慢慢滋长的幸福。肝癌走到生命尽头时一般都会疼痛难忍，您却不觉得疼痛，我们都认为是行医一生的您治病救人无数，好人有好报，上帝抬手免除了您的疼痛。但您走时我却不在您身边，等我赶到时，您最后一缕呼吸刚刚随风飘散，眼睛仍然不甘心地睁着，我在您混浊的眼球里找到了我的影子，在您失声的喉咙间听到了我的名字。

就在几天前，您还跟妈妈一遍遍地嘟囔怕我犯错误。那时我才二十出头，与人合作出了一本书，加入了省作协，自以为很了不起，加上对现状不太满意，常常发些牢骚，说些过头的话，您听了很担心，反复叮嘱妈妈，今后要及时提醒着我。

您走了这些年，我仅仅写下一些干巴苍白的文字怀念您，仅仅在心头默默地独自思念您，那声"爸爸"深深地埋藏在心底，却再也轻易喊不出口

你不是一根藤，而是一棵树，您挺拔地在时，我如一挂藤缠紧您，依赖您攀缘向上，贪婪地汲取您物质和精神的营养与钙质。

了。我想起了在异乡澡堂为您搓背的情景，您的肋骨凸露，根根可数，像一张搓板，搓上去硌手，却痛彻肺腑。这是我记忆中唯一的一次，您说走就走了，连搓背的机会都不多给我一次。

　　您不是一根藤，而是一棵树，您挺拔地在时，我如一挂藤缠紧您，依赖您攀缘向上，贪婪地汲取您物质和精神的营养与钙质。您不说话，听任我缠您绕您，您快窒息了，却默默地为我承受与担当，无怨无悔。如今您不在了，我成了人间孤藤，与天堂的您遥相凝望，但我仍扶起自己，想象着您就站在我身边，给我臂膀，给我肩头，让我追随您倔强的头颅向上，向上，不至于一蹶不振地倒下，委顿成一团剪不断理还乱的麻。

　　我在人间，替天堂的您活着，重复您的生活……

　　纸短情长，思念无尽，下次再叙。

　　此致

敬礼

永远爱您的小忠

2017年11月3日

简默（1970— ），本名王忠，山东新锐作家。已发表散文、诗歌、小说等300多万字。作品有《活在时光中的灯》《身上有锈》《一棵树的私语》《太阳开门》等。在父亲25周年忌日之际，通过记忆深处的"沂蒙脸"，简默写下了这封回忆亡父的书信。父亲懦弱、呆板、固执，很有些重男轻女的思想，在学习上严格要求孩子，却也因不知官场规则而让孩子失去了一个应有的机会。他心痛于失去了父亲这个强大的依靠，却仍将追随父亲的脚步，替父亲重复他的生活。这封信没有华丽的辞藻，但父子深情依旧让人震撼。

俞可给父亲的信

俞 可

爸爸、妈妈：

好！那天我打电话回来和外婆通电话时尤其激动，所以也说不出几句话来。我建议在外婆家挂一张世界地图或安放个地球仪，在上面标明我、大表姐和大表弟的所在地，让她在80岁开始认识世界，感受这个地球，知道在地球的另一端，同样有一片蓝天，同样有一块绿土，同样有一个世界，一个更现代化的世界。这样，她就不会老。

那天晚上请我去吃饭的是德国的一位朋友的母亲，这朋友叫托马斯·柯内克，近来在美国。为了让你们多了解一些我在社交方面不是自我封锁的人，所以，我在这里介绍一下这位托马斯。他是我在学校健美房结识的"美友"，刚17岁，11年级的学生。在健美房里，因为他是初学的，我常常帮助他，练完以后，一起进更衣室，一起离开，所以交谈的时间很多。有时在更衣室就谈上一两个小时。今年8月19日，他到美国去了，进美国中学第十二年级（毕业班）学习，住在美国一个家庭里，一年后回来。然后，美国那家的孩子来这儿进德国中学学习，住在他家里。我考虑到这一分别，就要一年，就在他临行前几天，邀请他到我家来聚聚，他和母亲商量以后，却邀请我到他家去了。他家就在高深海姆，和我同一个镇，骑车只需5分钟，是一幢背靠森林的花园洋房。这是祥和的三口之家。托马斯、妹妹、母亲柯内克夫人（他说父亲住在其他地方，但他很少提及，是否和他母亲离异，我不好意思问），柯内克夫人才40岁左右，始终坐在轮椅上，是帮助病人挽回记忆的医生，诊所设在地下室。我只带了两个小礼品，一个是泥塑的京剧脸谱，一个是一盒清凉油，想不到他们出乎意外地欢喜。我们边吃边聊。吃得很简单，但谈得很投机，一直谈到10点多钟我才告辞。这期间，美国朋友来电话，告诉他们，一切都安排好了，请她放心。柯内克夫人坐在轮椅上，拿出针线盒，为儿子缝上一个个松垮的纽扣，我问她告别托马斯时会不会哭，她摇了摇头。我就对她叙述了去年离别你们的情形。我们一起坐在昏暗的灯光下面，虽然我是在告别我的德国好友，但更像是又一次在告别你们。托马斯到美国以后，给我写了几次信。

这一次，是柯内克夫人请我去吃她自己做的洋葱蛋糕和Federwelee（酿酒过程中还在发酵的葡萄汁），她的朋友也带女儿来了。我觉得，西方人人情味特浓，同样有深沉的亲子关系，当她听说我收到了托马斯的信时，便要我读一读这些信，还请那位朋友和女儿放下活儿一起听。

虽然，托马斯写给我的内容和写给她的差不多，但，她还是听得津津有味。不是吗？她一个人守着这幢洋房，最喜欢待在她身边的儿子去了美国，女儿总是和男友出去玩，生活的寂寞是可以想象的，所以她不仅思念儿子，对我也像对自己儿子一样，总是关心地问我学习、生活和工作。她看了你们的照片，说你们都很年轻。饭后，还留我和她们一起玩了Rummy的牌。我不会，她们就教我，见我赢了，就特别高兴。和这样的德国母子交往，你们也会替我高兴的。

对于孤独，我同意你们的看法。近来，我思考的东西很多。我说过，我是不会随波逐流自甘沉沦的，哪怕孤独是那样可怕。就说电话里谈起的关于亮亮的高考选择，就让我想到当代中国教育上的许多问题。班主任的意见不能轻易接受。我不否认、也不怀疑中国教师的事业心和责任心，但超额的班级负担，使班主任无法准确地把握班上每一个学生的情况。学生崇拜老师，老师成了学生无条件接受和服从的权威；对家长来说，老师既是一个被间接接受和服从的权威，又是被监督和制约的对象。孩子需要一个职业性的权威，这有利于他们充分地认识和接受社会秩序和行为规范。但是当孩子的心理和智力发展到一定程度的时候，应该及时地、断然地放弃这个权威，去广泛地寻找新的权威。亮亮早就到这个年龄阶段了，问题在于如何放弃这个权威，却又不能与之对抗，因为教师还是她必须承认的权威。所以，在与权威妥协之中，去有识地怀疑权威。"怀疑"是心理和智力发展到一定阶段的产物，它有一定的"度"，这就是社会普遍接受和承认的程度。过之为变态，不足为幼稚。我早就有意识地怀疑权威，因为我有一个力强、质好的家庭教育环境，并视父亲为权威，我厌倦学校那种过于形式化、广适性的教育，还有那冠冕堂皇的主义。我不希望自己成为教育机器的产品。为了摆脱学校教育的权威（有时仅仅流露出一点怀疑），常常弄得风风雨雨。所以，在中国的学校里，我只能是个异端。如果没有一个帮我与之抗衡的家庭，如果我没有从家庭这根支柱中获得足够的精神力量，我必将成为无妄的祭品和可怜的笑料，或者滑入"Clique"（"克里克"，法语。意即小集团、朋党、派系、宗派等）之中，成为社会的叛逆。我的家庭，这一个天生就无法选择的社会环境和教育环境，是它创造了独一无二的我。我永远珍惜这个独一无二！

请将我这些想法告诉阿舅。

妈妈说，大表姐在新加坡很孤独，家里很少给她写信，所以我就给她写信。前天收到她的信，她说她看了以后哭了。可能因为她深深体会到我所叙述的孤独吧。她真的很可怜。倒不是孤身一人在外，而是得不到家庭给予的无法替代的精神支撑。没有精神归宿的孤独，是可以成为人的致命点的。我会经常给她写信的。

明天帮小洁搬家。她下周去意大利旅游，明年春天回国探亲，取道香港。祝重阳节快乐！

爱你们的儿　可

1992年10月8日

俞可（1970—　　），著名作家俞天白的儿子，俞可1991年赴德国留学，2005年在德国获得哲学博士学位后回国，其间14年，他与父亲书信不断，往来有两千余封，后精选结集为《留德家书》出版。

世界那样大，我想去走走

学　群

父亲：

这应该是我写给你的最长的一封信了。记得上大学那一阵，你抱怨我给家里写信总是三言两语。那时往家里写信，没钱了就说要寄点钱过来，汇票来了就说钱收到了，总觉得没有太多的话要说。毕业分配到县一中教书之后，离家这么近，要说什么都是当面说，当然不用写信了。现在写这封信，是因为我发现，有的事情当面交流起来有些难，写信说要容易些。写信不会起争执，不会一弄就情绪化，可以把想说的话说得更清楚，也更完整一些。

我想说的是：我决计离开县一中，到外面去闯一闯。

自从毕业分配到这里，我越来越受不了这里的刻板生活。我的天性不适合做一名中学老师，尤其是这个所谓省属重点中学的老师。在这里当班主任，每天一清早从五点半（冬季是六点）开始，有七到堂：学生起床到堂、早操到堂、早自习到堂、课间操到堂、下午放学到堂、晚自习到堂、熄灯就寝到堂。上课无非是照本宣科。每一篇课文，从段落大意到中心思想再到写作特点，一切都有标准答案，都按大纲来按教参来。老师像留声机，学生像录音机，我一点都不喜欢。最可恶的是，你不喜欢，你还得去认真当好留声机。因为下面的学生都在等着去挤高考那座独木桥。我无法想象，这种让人生厌的生活，这一天天重复的日子，我还得过上二十年、三十年，直到光荣退休。我怎么也受不了。

我知道，这些对于你们那代人可能不是问题。

父母给了他生命，他便有了他自己，有了自己的未来，他不能老待在父母为他设定的蛋壳里，他得从那里出来，走他自己的路。

你会说，县一中比别的学校紧一点，可是在这儿教书受人尊敬。你会说，年轻人本来就该多吃一点苦，再苦总比面朝黄土背朝天日晒雨淋好。你还会说，咬着牙好好干几年，说不定就提拔起来做行政了。我当然知道，那些年你和母亲咬着牙送我读书，让我考大学，就是为了让我吃上"国家粮"，做一个城里人。做了城里人，再找一个城里人做老婆，就世世代代都是城里人，再也用不着待在农村，成天挖泥拌土讨生活。还记得大学录取通知书送到的那一天，你和母亲的眼泪一下就出来了。那是因为我拿到通知书，就等于跳出了"农门"。到县一中教书就等于在县城扎下根来。现在我要把这些丢掉，放着城里的日子不过，你们理解不了，也无法接受。我也深感一下子说服不了你们。可是我已经想好了，这一步，我不能因为怕你们难过就不走了。好比一只蛋，父母用他们的体温孵化了里面的生命。那个成形的生命，他要做的第一件事，就是啄破蛋壳，出到蛋壳外面的世界里去。这是没有办法的事情。父母给了他生命，他便有了他自己，有了自己的未来，他不能老待在父母为他设定的蛋壳里，他得从那里出来，走他自己的路。不管外面有什么，他都要出来。

其实外面的世界已经不是原来你们所经历过的样子了。改革开放，世界正在发生着改变。不少原来在机关、在学校、在国有企业工作的人，已经放下金饭碗、铁饭碗，下海经商到外面闯荡去了。他们多半往南去了广东、海南，有的还走出了国门，也有人在本地做起了生意。与此同时，一些机关单位的人事也开始松绑，拿出职位搞起了公开招聘，单位之间人员往来也不再是原来的单一途径。很多人都已经看到了，在大一统的分配安排之外，人们还可以有自己的想法，自己的梦想，自己的选择。

说来你们那一代，像你一样，读书、当兵以及后来的经历，你所接受的，跟我们现在确实有很大的不同。你们能够忍受，多数的时候宁愿苟且，但求安稳。我们已经不能满足你们满足的那些东西，跟你们相比，我们多了一点别的，或者叫追求吧。一张地图、一个地球仪就可以让我们激动起来。世界那样大，还有那么多地方我没有去过，我不能老窝在一个叫县一中的地方、一个地图册上找不到的地方。当初就不是我选了这地方，不知道什么人随便点了一下，我就到了这里，好像一生都得在这里。每天都是两点成一线：从住的地方到教室，从教室到住的地方。这怎么行呢？现在我正年轻，脚上手上也没什么牵扯，现在不出去走走，还等什么时候呢？在县一中这两年，发下来的工资奖金我省着花，结余了一些，正好用作盘缠。你和母亲养我这么大，后来又送读，再不敢花你们的钱。只是目前，我拿不出什么来报答你们。

记得早年，读沈从文那些散文，读《徐霞客游记》，心向往之。现在我打算用脚去走，能走多久走多久，尽量多走一些地方。这是我此生的一大宏愿，现在不走，我会后悔终生。这期间我会写一些东西，把一路所见所闻所想记下来。我不偷不抢不做坏事，我只是在做一件我想做的事情。请不要责怪我！记得你和祖父曾经跟我说过，明朝初年，我们那个屋场的始祖，就是从江西南昌出发，一路风餐露宿走过来的。按现在来说，他也是城市户口往外面走。他身上远行的因子，一路传下来，大概是到了我身上。要不，我怎么这样渴望到外面去行走呢？

过年这几天，有好几次我都想把这件事跟你和母亲说一说，到最后都没能说出口。我能想象得到开口跟你们说是什么样的结果。在我这方面，其实只是想告诉你们我已经决定好的一件事。你们断断不会接受，结果只能是吵的吵，流泪的流泪。过年只适合团圆，只适合开心，只适合拜年放鞭炮，实在不适合谈这样的事情。想来想去，觉得还是写封信好。

信写好了。当你们收到这封信时，我已经离开县城。不要试图去找我，接下来的一段时间，我会一直在走，没有固定的地方。方便的时候，我会来信报一下平安。这只是出去走一走，不是去探险。当注意的地方，我会注意的。走到一定时候，我会停下来。到时再看，看能不能找一份什么差事。

祝你和母亲一切安好！

学群

1988年2月19日

这是儿子写给父亲的一封最长的信。他不愿像父亲那辈人一样宁愿苟且、但求安稳，他做出了离开家乡外出闯荡的决定。正是这一代年轻人身上的朝气与探索精神，为中国的改革开放注入了一定的精神动力。

旅美青年关于中国戏曲的争论

吴 霜

爸爸：

美国的雷诺市是个赌城，有点像《木偶奇遇记》中的那个奇妙的魔术乐园。这个假期我们几个朋友终于找到了机会，开着老潘的那辆连咳带喘的旧福特，在加州宽阔的高速公路上，由号称驾驶技术最高超的小华开车到赌城玩了一趟。我们在赴雷诺市的路上发生了一场争吵。应该说，先是闲谈，后是讨论，最后竟成了争吵。

开始大家的话题从如今在美国充斥一切的"摇滚乐"现状，谈到灿烂一时的西方古典音乐，一直谈到中国的文化艺术，我自然而然地把话题拉到了中国戏曲上来了：

"实在说吧，我认为最美的还是我们中国的戏曲艺术，深刻、含蓄、高雅，集歌唱、表演、舞蹈、美术、文学、历史为一体，它的完美性和立体美感，当今世界第一。可惜现在的年轻一代大都不了解它的真实价值。许多戏曲，尤其京剧的演出上座率很低，达不到预期的效果。若是能在学校里设立中国戏曲理论的课程，将有助于改变青年不爱看戏曲的现状。"

没想到，我的顺口之言，竟成了一场"争论"的导火索。正在开车的小华，是学政治经济的，他曾在我的毕业音乐会之后，送给我一束白玫瑰。这家伙平时就脾气大，一开口火药味十足："反对！学校里设戏曲理论？你可真想得出！你知道如今的中国科学技术和管理制度为什么如此落后、停滞不前？就是因为太注重研究文化礼教，忽视自然科学、经济科学。我们现在还把青年培养成只会吟诗作赋、观剧听歌的游子，岂不是对时代的反动？中国的民生问题才是当务之急。现在对戏曲艺术了解得少一点也没什么大坏处。"

我被这突如其来的一击，搞得有点不知所措，他简直是个艺术的敌对者！

宁宁是个小滑稽，一天到晚嘻嘻哈哈："要我说，小霜的提议有点意思，不过要看实际。音乐、文学、艺术，都是时代发展的产物，在西方，近几十年来在'探戈乐'之后出现了'爵士乐''轻音乐''乡间音乐''迪斯科'和目前到处听见的'摇滚乐'，这不都是具有强烈时代感的音乐吗？中国戏曲发展一直不慢，三十年代到五六十年代，高潮迭起。可七十、八十年代，我觉得又进入了一个文化艺术的新阶段。小霜，想当初你妈妈演《刘巧儿》，不是因为准确反映了时代，才那样红极一时，甚至发展了一种新的演唱流派吗？你爸爸创作《三打陶三春》，最近去西欧演出，人家评论说，这个戏的节奏比古老的京剧明显加快了，那些接近生活的表演使不懂语言的西方人也能完全看懂，较之相当抽象的、一摇三晃的旧京剧，其实这就是一种发展。我认为，中国的封建传统文化阻碍了戏剧本身的发展。京剧会不会重新得到普及，会发展成什么样的新形式，还很难说呢。"

听他的这番话，您就知道，他这个学电脑的研究生也仍是个不会买票看戏的主儿。我很是不服，我说："什么京剧一摇三晃，相当抽象？你根本不懂这其中的韵味。即便你的电脑也还一时不能衡量京剧的万马奔腾、一泻千里之势呢！"听了我的话，宁宁只是眨了眨眼，很大度似地拍拍我的肩，一副不愿再讲下去的样子。

小华又开腔了："当然喽，中国文化造诣极高，戏曲有独特技巧，在世界文化中地位很高，用不着我多说。但青年人与其去研究那一摇三晃中的奥妙，不如去做点实事，解决一下中国如何加快现代化步伐的当务之急。对不对？"他把头转向一直在旁静听的老潘，想要再争取一个他的支持者。说实话，我一时找不到适当的词句去驳斥他，真有点恼羞成怒之感。但是这时老潘发言了，他是学比较文学的，并兼修着工商管理课程，一向是我们中间的"博士"。他的意见总是有些分量的，因此，我便安静下来，看看他会说什么。

"小霜和小华，一个从纯艺术的角度谈戏曲，一个从社会的角度谈戏曲，要说都有道理。首先，你们都承认一个事实，就是现在的青年人大多数不喜欢看京剧。也许是京剧艺术太高深难解了；也有可能像有些人所说，它脱离了时代。说实话，我非常喜爱京剧。要从经济管理角度说，一个经理不能要求一个一肚子不满意的顾客必须适应公司的不良服务。他得考虑如何通过公司内部的变革以适应客观现实的需要。就是说，重在改进。中国戏曲界出过那么多有名的演员，而且都是各有创新，各成一派，赢得了那么广大的观众。而现在的演员们，搞模仿的多，搞恢复旧曲目的多，创新的少，技术上达到炉火纯青的更少，这得算是停滞吧？也不怪许多人不买票。京剧当然有顽强的生命力，自行衰落绝不可能。上千年来，我们的民族以它为骄傲，称它为'瑰丽的花朵'。戏剧理论的工作应该大大加强，这一点不如西方人。不懂戏的人应该学会看懂听懂，看懂之后就该为发展它而出力。"

我接着说："可惜现在做这个工作的人太少了，中国戏剧流派如此之多，真正总结各流派艺术的理论工作却微乎其微。闹得不懂戏的人不认为不懂是无知，却把戏曲的程式化看成是拖后腿。"

"哈！你是冲着我来啦。你可能比我懂戏曲，我承认。那么我今后要多向你请教戏曲的奥妙啦？你只要不怕天天吵架就行。"小华又插嘴了。可此时车外传来持续不断的警笛声。原来由于超速，路警命令我们停车并罚了款。

　　一场论战到此告一段落了。我们都是同窗之友，不会因这样的争吵而耿耿于怀，但这场争论引起了我的思索。从年龄上讲，我当然是属于新的一代，但我非常荣幸的是，自己从小就有机会接触和了解我们的戏曲艺术。是从那无数次坐在舞台大幕旁边的小板凳上看戏的经历中，从无数次牵着妈妈的衣襟看她化装的经历中，从无数次手拿小画册和爸爸坐在台下画剧中人物速写的经历中，我热爱上了中国戏曲。一旦爱上她，就越爱越深。我从中学到的东西，决不单单是几句话可以讲清的。十年动乱，使我没能实现做一个戏曲演员的愿望，而是选择了西洋音乐作为专业。正是这样，我才有机会深切了解这两种十分不同的艺术。我不后悔以西洋声乐做我的专业，但它一点不影响我更深切地理解和欣赏自己祖国的戏曲艺术。

　　在国外的几年来，我看到那么多的西方人盛

赞中国戏曲，学习中国戏曲，有的大学甚至设立了中国戏剧专业课程。没有哪一个人不懂"Peking opera"这个名词的。他们是抱着如此巨大的热情和崇拜的心情在渴望着更深一步地了解和欣赏这一伟大的东方艺术。相形之下，我们这一代龙的新生子孙们，却快把京剧的真谛都遗忘了！这不正常！

我总觉得，我不知道会不会有那么一天，祖国的戏曲艺术也会像今天的西方古典音乐一样，成为只有少数人欣赏的"高等文化遗产"，昔日脍炙人口的大众艺术形式会变成只有内行人才听得懂的艺术。如果真有那么一天，我会深深感到伤心和遗憾。

不过这是不可能的，对吗？中国的戏曲艺术会不断地发展，凭着它特有的奇光异彩，会以较快的速度迈入新的高峰，并冲向世界。我从直觉中深信这一点。

爸爸，告诉你一个小秘密，我偷偷学会了妈妈演唱过的许多唱段，我盼望着有一天能够在舞台上扮演几个妈妈曾创造过的角色。学西洋声乐的女儿要唱唱评剧，你们会觉得奇怪吗？其实，在美国的许多次演出机会中，我已经演唱过好几次啦！那些美国观众很爱听呢。我有几个跟我很接近的美国年轻朋友，都会哼几句"巧儿我……"呢，有意思，是不是？

　　祝

健康！

女儿小霜

1985年10月20日于美国雷诺市

　　吴霜，当代著名的花腔女高音歌唱家、作家，著名剧作家吴祖光和戏曲表演艺术家新凤霞的女儿。早年毕业于中央音乐学院，后留美学习西乐。这封信写于1985年10月，其时吴霜在美学习音乐。因为一个偶然的话题，她与朋友之间就中国戏曲的传统和之于今天文化传承的意义展开了争辩。自幼受到父母熏染的吴霜不但对中国戏曲艺术有传承发扬的自觉，更站在中西艺术比较的立场上提出了建设性的意见。

给父亲萧乾的信

萧 桐

爸爸：

您好！

两个星期来没有写信，一直在等您寄到俄亥俄（从奥斯陆）去的长信。今早出门，发现那封长信、您的明信片，另有托伊妮前后从奥斯陆寄的明信片都在门内，真不知是几经挫折才到这里的！我很高兴它们没有丢失（我估计丢了一些信，因地址变来变去），多谢啦。这封信既然是回复您的，就请替我向三姨、妈妈和姐姐问好吧。

您的德、挪、英之行，太精彩了。我很高兴您的身体和精神如此之佳，能够顶下来。回京后参加中美作家会见，也还顺利吧？（我寄到奥斯陆艾笛女士家的两封信，不知收到否？）

能给我大放绿灯，让我对事业、前途、交女友等都自作主张，使我感动不已。其实，您即使不宣布，我也一向相信您是十分开通，通情达理，会信任、理解我的。许多事情，仅是由于我们之间的地理关系才不易谈清，而只要有机会谈（我以后准备多写信，多谈），肯定会谈清的。实际上，咱们在爱荷华招待所那次交谈，虽然口气后来热火了一些，但还是做到了畅所欲言。您身体欠佳，当时妈妈叫我住嘴是对的，我事后也非常懊悔。不过，现在看来，那种交谈太必要了，只要我们能十分客观地平下心来谈。说实在的，尽管您口上跟我相对，我当时也能感到您与我的（不成熟的）生活、艺术观大有相同之处。而您这次则更使我放开心怀了。我求您千万不要将我之保留责任归咎于您当时的态度。我对您不论在当时还是在今天都永远唯有感激。您不知道我怎样为自己的父亲而骄傲呢，这骄傲远远超出您在外人眼里的形象。比如，多产作家，等等。尽管您总说自己连一个圈子都画不圆，我一生中的许多幸事都应归功于您：对文学艺术的兴趣、英文、最重要的人生观。您以为我不愿吸取您生命中的经验，而我在生活中做许多选择时，最经常借助于您和您的生平经历……实在话，我不忍心听您说我是您最贴心的孩子，因为它使我感到自己残酷无情，在您七十五岁高龄时流连他乡。但我只想告诉您，我从来也没有决定，或想过不把您当作知心人。当然，不会因为爱荷华招待所的一点争执而变心意。只是由于客观条件的约束，略而不谈那些私事罢了（正好像您的信中舍去生活琐事，如结识新友、有客来家，等等）。我无意瞒着您，真的。而尽管您可能把我抬得过高了些（比如，带那些照片去欧洲！）。在我心里，您的地位比任何人都高，也更亲近。所以请千万不要有自责的心情。

这信纸剩不下多少了，就先谈事业、艺术吧。回想起来，即使是咱在王六嘴那会儿，专谈艺术的机会也是很少的。我学到的很多东西都是间接的、熏陶出来的。即使是在五中、平谷画画板报，直到来爱荷华之前，甚至直到三年级去欧洲前，我始终没想到会有机会或勇气去专门摘画。而现在，自从四年级（去年）起，我开始有了一种命运感，绘画的确是我从小所憧憬的艺术手段——我记得在培新幼儿园时拿不定主意是当画家还是当"诗人"，哈哈！我可以毫不夸张地说，今后的两三年（泰勒艺术学院的学制同俄亥俄大学的一样长，为期两年）将是我有生以来最有成果的时期，因为我在做最想做而得心应手的事，有最大的自由，最充裕的时间。所以我现在在事业上——事业于我总是比生活细节更重要——十分满意，有信心（我一有机会，一定复制些新照片寄家，但请自存为盼）。我着实后悔过去对祖国的传统（绘画）接触得太少。艺术之高于文学处在于个人的敏感度、才能和表现、想象力。我会尽力补补课。对民间、实用艺术我目前仍不太感兴趣，我总觉得那有点为幻灯片写台词，为展览会画注解的味道，不够自由，缺乏独特性。几年来捕捉西方形形色色艺术思维最可贵的收获是，懂得了艺术是艺术家个人的生活经历、生活哲学观的结晶表现，源于自然、生活，关系到时代背景和美术史——前人作品，但最根本是个人的独创性。在这一层意义上说，艺术家的作品反映他的文化背景是必然的，而非有意选择的。同时，艺术品是属于全人类的——所有个人的——而不因文化民族背景而划分界限。正因为如此，户县农民画才为美国人所看中。在西方，形式往往同内容一样重要。当然，形式内容相融才能产生最美的艺术。不扯了，多谢您对我的信任。再谈。

小桐

一九八四年十月三十一日

萧桐（1956—　　），旅美画家。著名作家萧乾的儿子，曾就读于北京师范大学英语系，后赴美深造，取得艺术硕士学位，现执教于美国某艺术院校。萧桐回忆，父亲曾送他一本《傅雷家书》让他好好研读学习。萧桐赴美后，父子两人往来信件不断，萧乾学习傅雷，在信中与儿子分享了很多自己对于文学和艺术的领悟，对萧桐影响很大。在这封信中，萧桐便表达了对父亲的敬慕和感恩。

一生的抵抗

三　毛

妹妹：

　　这是近年来，你写出的最好的一篇文章，写出了生命的真正意义，不说教，但不知不觉中说了一个大教。谦卑中显出了无比的意义。我读后深为感动，深为有这样一枝小草而骄傲。不是为我自己，而是为整个宇宙的生命，感觉有了曙光和朝阳。草，虽烧不尽，但仍应呵护，不要践踏。

父留七二、四、八爸爸。

今天是一九八三年四月八日，星期五。

是早晨十一点才起床的。不是星期天，你不在家，对于晚起这件事情，我也比较放心，起码你看不见，我就安心。

凌晨由阳明山回来的时候，妈妈和你已经睡了。

虽然住在台湾，虽然也是父女，可是我不是住在宿舍里，就是深夜才回家。你也晓得，我不只是在玩，是又在玩又在工作。白天杂务和上课，深夜批改作文写稿和看书。我起床时，你往往已去办公室，你回家来，我又不见了。

今天早晨，看见你的留条和联合报整整齐齐的夹在一起，放在我睡房的门口。

我拿起来，自己的文章《朝阳为谁升起》在报上刊出来了。你的信，是看完了这篇文字留给我的。

同住一幢公寓，父女之间的谈话，却要靠留条子来转达，心里自然难过。翻了一下记事簿，上面必须去做的事情排得满满的。今天，又不能在你下班的时候，替你开门，喊一声爸爸，然后接过你的公事包，替你拿出拖鞋，再泡一杯龙井茶给你。

所能为一个父亲做的事情，好似只有这一些，而我，都没能做到。你留的信，很快地读了一遍，再慢读了一遍，眼泪夺眶而出。爸爸，那一刹那，心里只有一个马上就死掉的念头，只因为，在这封信里，是你，你对我说——爸爸深以为有这样一枝小草而骄傲。这一生，你写了无数的信给我，一如慈爱的妈妈，可是这一封今天的……等你这一句话，等了一生一世，只等你——我的父亲，亲口说出来，肯定了我在这个家庭里一辈子消除不掉的自卑和心虚。不能在情绪上有什么惊天动地的反应，只怕妈妈进来看见，我将整个的脸浸在冷水里，浸到湿眼睛和自来水分不清了，才开始刷牙。妈妈，她是伟大的，这个二十岁就成婚的妇人，为了我们，付了自己的青春和生命，成为丈夫儿女的俘虏。她不要求任何事情，包括我的缺点、任性、失败和光荣，她都接受。在她的心愿里，只要儿女健康、快乐、早睡、多吃、婚姻美满，就是一个母亲的满足了。

爸爸，你不同，除了上面的要求之外，你本身个性的极端正直、敏感、多愁、脆弱、不懂圆滑、不喜应酬，甚至不算健康的体质，都遗传了给我——当然也包括你语言和思想组织的禀赋。我们父女之间是如此相像，复杂的个性，造成了一生相近又不能相处的矛盾，而这种血亲关系，却是不能分割的。

这一生，自从小时候休学以来，我一直很怕你，怕你下班时看我一眼之后，那口必然的叹气。也因为当年是那么的怕，怕得听到你回家来的声音，我便老鼠似的窜到睡房去，再也不敢出来。那些年，吃饭是妈妈托盘搬进来给我单独吃的，因为我不敢面对你。强迫我站在你面前背《古文观止》、唐诗宋词和英文小说是逃不掉的，也被你强迫弹钢琴，你再累，也坐在一旁打拍子，我怕你，一面弹"哈诺"一面滴滴掉眼泪，最后又是一声叹气，父女不欢而散。爸爸，你一生没有打过我，一次也没有，可是小时候，你的忍耐，就像一层洗也洗不掉的阴影，浸在我的皮肤里，天天告诉我——你这个教父亲伤心透顶的孩子，你是有罪的。

不听你的话，是我反抗人生最直接而又最容易的方式——它，就代表了你，只因你是我的源头，那个生命的源。

我知道，爸爸，你最爱我，也最恨我，我们之间一生的冲突，一次又一次深深地伤害到彼此，不懂得保护，更不肯各自有所退让。你一向很注意我，从小到大，我逃不过你的那声叹气，逃不掉你不说、而我知道的失望，更永远逃不开你对我用念力的那种遥控，天涯海角，也逃不出。

小时候的我，看似刚烈，其实脆弱而且没有弹性，在你的天罗地网里，曾经拿毁灭自己，来争取孝而不肯顺的唯一解脱，只因我当时和你一样，凡事不肯开口，什么事都闷在心里。也因为那次的事件，看见妈妈和你，在我的面前崩溃得不成人形。这才警觉，原来父母，在对儿女的情债泪债里，是永远不能翻身的。妈妈，她是最堪怜的人，因为她夹在中间。

伤害你，你马上跌倒，因为伤你的，不是别人，是你的骨血，是那个丢也丢不掉、打也舍不得打的女儿。爸爸，你拿我无可奈何，我又何曾有好日子过？

我的读书、交友、留学，行事为人，在你的眼里看来，好似经过了半生，都没有真正合过你的心意和理想。

我当然不敢反问你，那么对于你自己的人生，你满意了吗？是不是，你的那份潜意识里自我的不能完成，要女儿来做替代，使你觉得无憾？这也不只是对我，当初小弟毕业之后在你的事务所做事，同是学法律的父子，爸爸，以你数十年的法学经验来看弟弟，他，当然是不够的。同样的情况，同样的儿女，几年之后的弟弟，不但没有跟你摩擦，反而被你训练成第一流的商票注册专材，做事一丝不苟，井井有条，责任心极重。他，是你意志力下一个和谐的成果，这也是你的严格造成的。

爸爸，这是冤枉了你。你是天下最慈爱而开明的父亲，你不但在经济上照顾了全家，在关注上也付尽了心血。而我，没有几次肯聆听你的建议，更不肯照你的意思去做。

我不只是你的女儿，我要做我自己。只因我始终是家庭里的一匹黑羊，混不进你们的白色中去。而你，你要求儿女的，其实不过是在社会上做一个正直的真人。

爸爸，妈妈和你，对我的期望并没有过分，你们期望的，只是要我平稳，以一个父亲主观意识中的那种方式，请求我实行，好教你们内心安然。

我却无法使你平安，爸爸，这使我觉得不孝，而且无能为力的难过，因为我们的价值观不很相同。

分别了长长的十六年，回来定居了，一样不容易见面。我忙自己的事、打自己的仗，甚而连家也不常回了。

明知无法插手我的生活，使你和妈妈手足无措，更难堪的是，你们会觉得，这一生的付出，已经被遗忘了。我知道父母的心情，我晓得的，虽然再没有人对我说什么。

我也知道，爸爸，你仍旧不欣赏我，那一生里要求的认同，除了爱之外的赞赏，在你的眼光里，没有捕捉到过，我也算了。写文章，写得稍稍深一点，你说看不懂，写浅了，你比较高兴，我却并不高兴，因为我不是为了迎合任何人而写作——包括父亲在内。只肯写心里诚实的情感，写在自己心里受到震动的生活和人物，那就是我。爸爸，你不能要求我永远是沙漠里那个光芒万丈的女人，因为生命的情势变了，那种物质也随着转变为另一种结晶，我实在写不出假的心情来。

毕竟，你的女儿不会创造故事，是故事和生活在创造她的笔。你又为什么急呢？难得大弟过生日，全家人吃一次饭，已婚的手足拖儿带女的全聚在一起了。你，下班回来，看上去满脸的疲倦和累。拿起筷子才要吃呢，竟然又讲了我——全家那么多漂亮人，为什么你还是又注意了一条牛仔裤的我？

口气那么严重的又提当日报上我的一篇文章，你说：根本看不懂！我气了，答你："也算了！"

全家人，都僵住了，看我们针锋相对。

那篇东西写的是金庸小说人物心得，爸爸，你不看金庸，又如何能懂？那日的你，是很累了，你不能控制自己，你跟我算什么账？你说我任性，我头一低，什么也不再说，只是拼命喝葡萄酒。一生苦守那盏孤灯的二女儿，一生不花时间在装扮上的那个女儿，是真的任性过吗？

爸爸，你，注意过我习惯重握原子笔写字的那个中手指吗？它是凹下去的——苦写出来的欠缺。

如果，你将这也叫作任性，那么我是同意的。

那天，吃完了饭，大家都没有散，我也不帮忙洗碗，也不照习惯偶尔在家时，必然的陪你坐到你上床去睡，穿上厚外套，丢下一句话："去散步！"不理任何人，走了。这很不对。

那天，我住台北，可是我要整你，教你为自己在众人面前无故责备我而后悔。晃到三更半夜走得精疲力竭回家，你房里的灯仍然亮着，我不照习惯进去喊你一声，跟你和妈妈说我回来了，爸爸，我的无礼，你以为里面没有痛？

妈妈到房里来看我，对着她，我流下眼泪，说你发了神经病，给我日子难挨，我又要走了，再也不写作。

这是父女之间一生的折磨，苦难的又何止是妈妈。

其实，我常常认为，你们并不太喜欢承认我已经长大了，而且也成熟了的事实。更不肯记得，有十六年光阴，女儿说的甚而不是中文。人格的塑造，已经大半定型了，父母的建议，只有使我在良知和道德上进退两难。

事实上，爸爸，我是欣赏你的，很欣赏你的一切，除了你有时要以不一样的思想和处事的方式来对我做意志侵犯之外。对于你，就算不谈感情，我也是心悦诚服的。

今年的文章，《梦里不知身是客》那篇，我自己爱得很，你不说什么，却说跟以前不同了。

对，是不同了，不想讲故事的时候，就不讲故事；不讲不勉强，自己做人高高兴兴，却勉强不了你也高兴的事实。

另一篇《你是我特别的天使》，在剪裁上，我也喜欢，你又说不大好。《野火烧不尽》，你怕我讲话太真太重，说我不通人情，公开说了讨厌应酬和电话，总有一天没有一个朋友。

你讲归讲，每一封我的家书、我的文章、我东丢西塞的照片，都是你——爸爸，一件一件为我收集、整理、归档，细心保存。十六年来，离家寄回的书信，被你一本一本的厚夹子积了起来，那一条心路历程，不只是我一个人在走，还有你，你心甘情愿地陪伴。要是有一个人，说我的文字不好，说我文体太简单，我听了只是笑笑，然后去忙别的更重要的事。而你和妈妈，总要比我难过很多。这真是有趣，其实，你不也在家中一样讲我？这半年来，因为回国，父女之间又有了细细碎碎的摩擦，只是我们的冲突不像早年那么激烈了。我想，大家都有一点认命，也很累了。我的文章，你欣赏的不是没有，只是不多，你挑剔我胜于编辑先生，你比我自己更患得患失，怕我写得不好，爸爸，我难道不怕自己写糟？让我悄悄地告诉你——我不怕，你怕。

这一生，丈夫欣赏我，朋友欣赏我，手足欣

十六年来，离家寄回的书信，被你一本一本的厚夹子积了起来，那一条心路历程，不只是我一个人在走，还有你，你心甘情愿地陪伴。

赏我，都解不开我心里那个死结，因为我的父亲，你，你只是无边无涯地爱我；固执，盲目而且无可奈何。而不知，除了是你的女儿，值得你理所当然的爱之外，我也还有一点点不属于这个身份也可以有的一点点美丽，值得你欣赏。爸爸，你对我，没有信心。我的要求也很多——对你，而且同样固执。

对我来说，一生的悲哀，并不是要赚得全世界，而是要请你欣赏我。你的一句话，就定了文章生死。世界上，在我心目里，你是最严格的批评家，其实你并不存心，是我自己给自己打的死结，只因我太看重你。这三四个月来，越睡越少，彻夜工作，撑到早晨七点多才睡一会，中午必然要出门做别的事。妈妈当然心痛极了，她甚而勇敢地说，她要代我去座谈会给我睡觉。

你呢？爸爸，你又来了，责我拿自己的生命在拼命。这一回，我同意你，爸爸，你没有讲错，我对不起你和妈妈，因为熬夜。写了一辈子，小学作文写到现在，三四百万字撕掉，发表的不过九十万字，而且不成气候。这都不管，我已尽力了，女儿没有任性，的确钉在桌子面前很多很多时间，将青春的颜色，交给了一块又一块白格子。我没有花衣服，都是格子，纸的。爸爸，这份劳力，是要得着一份在家庭里一生得不着的光荣，是心理的不平衡和自卑，是因为要对背了一生的——令父母失望、罪人、不孝、叛逆……这些自我羞辱心态所做的报复和反抗。当年没有去混太妹，做落翅仔，进少年监狱，只因为胆子小，只会一个人深夜里拼命爬格子——那道永远没有尽头的天梯，想象中，睡梦里，上面站着全家人，冷眼看着我爬，而你们彼此在说说笑笑。这封信，爸爸，你今天早晨留给我文章的评语，使我突然一下失去了生的兴趣。跟你打了一生一世的仗不肯妥协，不肯认输，艰苦地打了又打，却在完全没有一点防备的心理下，战役消失了，不见了。一切烟消云散——和平了。那个战场上，留下的是一些微微生锈的刀枪，我的假想敌呢？他成了朋友，悄悄上班去了。

爸爸，你认同了女儿，我却百感交织，不知活下去还有什么意思，很想大哭一场。

这种想死的念头，是父女境界的一种完成，很成功，而成功的滋味，是死也瞑目的悲喜。爸爸，你终于说了，说：女儿也可以成为你的骄傲。当然，我也不会真的去死，可是我想跟你说：爸爸，这只不过是一篇，一篇合了你心意的文章而已。以后再写，合不合你的意，你还是可以回转；我不会迎合你，只为了你我的和平，再去写同样的文章。这就是我，你自己明白了，正如你明白自己一色一样。女儿给你留的条子。

注：本当称"你"为"您"，因为"天地君亲师"，尊称是该有的，可是一向唤爸爸是"你"，就这样写了。

三毛（1943—1991），台湾散文家，代表作有《梦里花落知多少》《雨季不再来》《撒哈拉的故事》等。三毛的父亲陈嗣庆，是一名成功的职业律师。1983年4月的一天，三毛的作品《朝阳为谁升起》在《联合报》发表，陈嗣庆读后给女儿写了一张字条，三毛就此回复了这封信，发表时曾题为《一生的战役》。

裘山山给父亲的信

裘山山

爸爸：

你好！

你该埋怨我了吧？到成都后一直没有给你写信，我向你检讨，太不应该了，请爸爸原谅。

到成都后学习安排一直比较紧张，再加上一些事情搞得心神不定，昨天又离开成都来到大山里，进行下连采访，我想再不写可不行了，不过山里寄信比较慢，可能到你那里还是个把星期，这更使我感到不安。

　　我说心神不宁的事情就是考大学。今年高考又要开始了，我听说我们总站有三个文科名额，于是又动了心，很想去。因为明年就不再招生了（指地方大学不再招部队学生）。我去找站领导要求，站里的李政委说，我们营分了一个名额，但不知营里肯不肯推荐我。我昨天打电话找教导员，他说还没研究，但听口气希望不大。他说要服从工作需要。这两天为这事我饭吃不下，觉睡不香，一度死了的心又活了，而且比哪次都强烈。我想如果让我去的话，我无论如何拼命也要争取考上，可现在还只能是叹气！

　　如果今年去不成，我也有信心继续抓紧学习，明年不招我后年考。那时二十三岁也还来得及。不上大学我不甘心，可眼下我吃了这几篇散文的亏，连里这次同意我去，营里又不同意，营里若同意了，又不知总站会不会放。若不是这几篇东西还不至于这么麻烦，想起来都心烦。虽然今年报考比去年前年都难，名额也比去年少一半，但我不去试一下总不甘心。等会儿我再给营长打个电话，行不行都落实一下，免得心神不定影响工作。

1979年5月25日

裘山山（1958—　），当代著名小说家，1978年起开始发表作品，至今已发表作品300万字左右，代表作有《我在天堂等你》《到处都是寂寞的心》等，曾获鲁迅文学奖。裘山山18岁参军，写这封信时她正在成都军区服役。像所有普通儿女一样，她在信中向父亲倾诉了自己的苦恼，想读大学又困扰军中的身份。不过，这位被部队锤炼的女儿告诉父亲，无论最终结果如何，都将做好准备。

邢福义给父亲的信

邢福义

父亲：

刚才收到您九月九号的来信。一吃完晚饭就上街去准备给您买太平天国史料和粤曲，可惜书店关了门，白跑了！

不久前儿曾写一信给您，估计现在您也收到了。

儿的寒衣问题已经解决了。——棉衣，拿1956年做的那件反面改制；棉裤，拼凑上七尺布票买了七尺布做面，用一条旧裤子做里，里面的棉花是用一截旧棉被弹成的。这样一来，棉衣也好，棉裤也好，又可以穿上个两三年。您说您又把棉衣服寄回来，儿很是着急。儿已用不着，特别是黑龙江那么冷的地方不多穿一点怎么行？儿还常常担心，您年纪这么大，严冬一到，没有足够的寒衣怎么能过得去呢！急急写这封信，是要阻止您把棉衣寄来，如果您已寄来，那将来还是要寄回给您的。

"学而后知不足。"对于一个疑难问题。儿总是想追本溯源，寻根究底，找出个究竟来。然而，谈何容易！看了这篇参考资料，就知道还有许许多多篇非读不可；涉及了这方面的问题，就知道还有更多方面的问题首先应该钻通。学海茫茫，真有"望洋兴叹"之感。正在这时，加上孩子的干扰，不能不感到心烦。在"理"上，儿知道心烦改变不了事实，但在"情"上，却怎么也避免不了产生烦躁。您的几次来信，对儿启示很大，儿今后将努力提高这方面的认识。——现在，米米已入幼儿园，昭昭已托人家带，"矛盾"算是解决了一大半，但提高这方面的认识却是今后仍然须要努力的。

最近儿已写成《现代汉语中AABB重叠式》一文的草稿（确切地说，只是雏形），现在除了备课之外，正挤时间来充实、提高它，希望它能反映儿在一九六一年的水平。大约在十月份可以完成初稿。

冬天一来，您的手指更难保护，儿很是为您担心。

据您前次的来信，您是又把钱寄来了的，但现在还未收到。如果您还未寄出，您就留着用吧，冬天一来，您是更需要用钱的。

祝您健康！

儿　福义

1961年9月28日晚

邢福义（1935—　　），著名语言学家，华中师范大学文科资深教授，《汉语学报》主编。邢福义的父亲邢诒河，1912年生人，黄埔军校十四期学员，经历战事后回到故乡任中学老师。1955年，邢福义从海南考入华中师大，与父亲开始书信往来，直到1991年。这里收录的一封写于1961年9月28日，信件记录了儿子对父亲的牵挂，更表达了面向无涯学海而奋力求知的勇气。

病院里的感恩

冰 心

亲爱的父亲：

　　我不愿告诉我的恩慈的父亲，我现在是在病院里；然而尤不愿有我的任何一件事，隐瞒着不叫父亲知道！横竖信到日，我一定已经痊愈，病中的经过，正不妨作记事看。

　　自然又是旧病了，这病是从母亲来的。我病中没有分毫不适，我只感谢上苍，使母亲和我的体质上，有这样不模糊的连接。血赤是我们的心，是我们的爱，我爱母亲，也并爱了我的病！

前两天的夜里——病院中没有日月，我也想不起来—— S女士请我去晚餐。在她小小的书室里，灭了灯，燃着闪闪的烛，对着熊熊的壁炉的柴火，谈着东方人的故事。——一回头我看见一轮淡黄的月，从窗外正照着我们；上下两片轻绡似的白云，将她托住。S女士也回头惊喜赞叹，匆匆地饮了咖啡，披上外衣，一同走了出去。——原来不仅月光如水，疏星也在天河边闪烁。

她指点给我看：那边是织女，那个是牵牛，还有仙女星，猎户星，孪生的兄弟星，王后星，末后她悄然微笑说："这些星星方位和名字，我一一牢牢记住。到我衰老不能行走的时候，我卧在床上，看着疏星从我窗外度过，那时便也和同老友相见一般的喜悦。"她说着起了微喟。月光照着她飘扬的银白的发，我已经微微地起了感触：如何的凄清又带着诗意的句子呵！

我问她如何会认得这些星辰的名字，她说是因为她的弟弟是航海家的缘故，这时父亲已横上我的心头了！

记否去年的一个冬夜，我同母亲夜坐，父亲回来的很晚。

我迎着走进中门，朔风中父亲带我立在院里，也指点给我看：

这边是天狗，那边是北斗，那边是箕星。那时我觉得父亲的智慧是无限的，知道天空缥缈之中，一切微妙的事，——又是一年了！

月光中 S 女士送我回去，上下的曲径上，缓缓地走着。我心中悄然不怡——半夜便病了。

早晨还起来，早餐后又卧下。午后还上了一课，课后走了出来，天气好似早春，慰冰湖波光荡漾。我慢慢地走到湖旁，临流坐下，觉得弱又无聊。晚霞和湖波的细响，勉强振起我的精神来，黄昏时才回去。夜里九时，她们发觉了，立时送我入了病院。

医院是在小山上学校的范围之中，夜中到来看不真切。医生和看护妇在灯光下注视着我的微微的笑容，使我感到一种无名的感觉。——一夜很好，安睡到了天晓。

早晨绝早，看护妇抱着一大束黄色的雏菊，是闭璧楼同学送来的。我忽然下泪忆起在国内病时床前的花了，——这是第一次。

这一天中睡的时候最多，但是花和信，不断地来，不多时便屋里满了清香。玫瑰也有，菊花也有，还有许多不知名的。每封信都很有趣味，但信末的名字我多半不认识。因为同学多了，只认得面庞，名字实在难记！

我情愿在这里病，饮食很精良，调理的又细心。我一切不必自己劳神，连头都是人家替我梳的。我的床一日推移几次，早晨便推近窗前。外望看见礼拜堂红色的屋顶和塔尖，看见图书馆，更隐隐地看见了慰冰湖对岸秋叶落尽，楼台也露了出来。近窗有一株很高的树，不知道是什么名字。昨日早上，我看见一只红头花翎的啄木鸟，在枝上站着，好一会才飞走。又看见一头很小的松鼠，在上面往来跳跃。

从看护妇递给我的信中，知道许多师长同学来看我，都被医生拒绝了。我自此便闭居在这小楼里，——这屋里清雅绝尘，有加无已的花，把我围将起来。我神志很清明，却又混沌，一切感想都不起，只停在"臣门如市，臣心如水"的状态之中。

何从说起呢？不时听得电话的铃声响：

"……医院……她么？……很重要……不许接

见……眠食极好，最重要的是静养，……书等明天送来罢，花和短信是可以的……"

差不多都是一样的话，我倚枕模糊可以听见。猛忆起今夏病的时候，电话也一样的响，冰仲弟说：

"姊姊么——好多了，谢谢！"

觉得我真是多事，到处叫人家替我忙碌——这一天在半醒半睡中度过。

第二天头一句问看护妇的话，便是"今天许我写字么？"

她笑说："可以的，但不要写得太长。"我喜出望外，第一封便写给家里，报告我平安。不是我想隐瞒，因不知从哪里说起。第二封便给了闭璧楼九十六个"西方之人兮"的女孩子。

我说：

"感谢你们的信和花带来的爱！——我卧在床上，用悠暇的目光，远远看着湖水，看着天空。偶然也看见草地上、图书馆、礼堂门口进出的你们。我如何的幸福呢？没有那几十页的诗，当功课的读。没有晨兴钟，促我起来。我闲闲地背着诗句，看日影渐淡，夜中星辰当着我的窗户；如不是因为想你们，我真不想回去了！"

信和花仍是不断地来。黄昏时看护妇进来，四顾室中，她笑着说："这屋里成了花窖了。"我喜悦的也报以一笑。

我素来是不大喜欢菊花的香气的，竟不知她和着玫瑰花香拂到我的脸上时，会这样的甜美而浓烈！——这时趁了我的心愿了！日长昼永，万籁无声。一室之内，惟有花与我。在天然的禁令之中，杜门谢客，过我的清闲回忆的光阴。

把往事一一提起，无一不使我生美满的微笑。我感谢上苍：过去的二十年中，使我一无遗憾，只有这次的别离，忆起有些儿惊心！

B夫人早晨从波士顿赶来，只有她闯入这清严的禁地里。医生只许她说，不许我说。她双眼含泪，苍白无主的面颜对着我，说："本想我们有一个最快乐的感恩节……然而不要紧的，等你好了，我们另有一个……"

我握着她的手，沉静的不说一句话。等她放好了花，频频回顾的出去之后，望着那"母爱"的后影，我潸然泪下——这是第二次。

夜中绝好，是最难忘之一夜。在众香国中，花气氤氲。我请看护妇将两盏明灯都开了，灯光下，床边四围，浅绿浓红，争妍斗媚，如低眉，如含笑。窗外严净的天空里，疏星炯炯，枯枝在微风中，颤摇有声。我凝然肃然，此时此心可朝天帝！

猛忆起两句：

消受白莲花世界，风来四面卧中央。

这福是不能多消受的！果然，看护妇微笑的进来，开了窗，放下帘子，挪好了床，便一瓶一瓶的都抱了出去，回头含笑对我说："太香了，于你不宜，而且夜中这屋里太冷。"——我只得笑着点首，然终留下了一瓶玫瑰，放在窗台上。在黑暗中，她似乎知道现在独有她慰藉我，便一夜的温香不断——"花怕冷，我便不怕冷么？"我因失望起了疑问，转念我原是不应怕冷的，便又寂然心喜。

日间多眠，夜里便十分清醒。到了连书都不许看时，才知道能背诵诗句的好处，几次听见车声隆隆走过，我忆起：

水调歌从邻院度，雷声车是梦中过。

朋友们送来一本书，是……内中有一段恍惚说：

"世界上最难忘的是自然之美，……有人能增加些美到世上去，这人便是天之骄子。"

真的，最难忘的是自然之美！今日黄昏时，窗外的慰冰湖，银海一般的闪烁，意态何等清寒？秋风中的枯枝，丛立在湖岸上，何等疏远？秋云又是如何的幻丽？这广场上忽阴忽晴，我病中的心情，又是何等的飘忽无着？

沉黑中仍是满了花香，又忆起：

到死未消兰气息，他生宜护玉精神！

父亲！这两句我不应写了出来，或者会使你生无谓的难过。但我欲其真，当时实是这样忽然忆起来的。

没有这般的孤立过，连朋友都隔绝了，但读信又是怎样的有趣呢？

一个美国朋友写着：

"从村里回来，到你屋去，竟是空空。我几乎哭了出来！看见你相片立在桌上，我也难过。告诉我，有什么我能替你做的事情，我十分乐意听你的命令！"

又一个写着说：

"感恩节近了，快康健起来罢！大家都想你，你长在我们的心里！"

但一个日本的朋友写着：

“生命是无定的，人们有时虽觉得很近，实际上却是很远。你和我隔绝了，但我觉得你是常常近着我！”

中国朋友说：

“今天怎么样，要看什么中国书么？”

都只寥寥数字，竟可见出国民性——一夜从杂乱的思想中度过。

清早的时候，扫除橡叶的马车声，辗破晓静。我又忆起：

马蹄隐隐声隆隆，入门下马气如虹。

底下自然又连带到：我今垂翅负天鸿，他日不羞蛇作龙！

这时天色便大明了。

今天是感恩节，窗外的树枝都结上严霜，晨光熹微，湖波也凝而不流，做出初冬天气。——今天草场上断绝人行，个个都回家过节去了。美国的感恩节如同我们的中秋节一般，是家族聚会的日子。

父亲！我不敢说是“每逢佳节倍思亲”，因为感恩节在我心中，并没有什么甚深的观念。然而病中心情，今日是很惆怅的。花影在壁，花香在衣。濛濛的朝霭中，我默望着窗外，万物无语，我不禁

父亲记否我少时的一夜，黑暗里跑到山上的旗台上去找父亲，一星灯火里，我们在山上下彼此唤着。我一忆起，心中就充满了爱感。

泪下。——这是第三次。

幸而我素来是不喜热闹的。每逢佳节，就想到幽静的地方去。今年此日避到这小楼里，也是清福。昨天偶然忆起辛幼安的《青玉案》：

众里寻他千百度——蓦然回首，

那人却在灯火阑珊处。

我随手便记在一本书上，并附了几个字：

"明天是感恩节，人家都寻欢乐去了，我却闭居在这小楼里。然而忆到这孤芳自赏，别有怀抱的句子，又不禁喜悦地笑了。"

花香缠绕笔端，终日寂然。我这封信时作时辍，也用了一天工夫。医生替我回绝了许多朋友，我恍惚听见她电话里说：

"她今天看着中国的诗，很平静，很喜悦！"

我便笑了，我昨天倒是看诗，今天却是拿书遮着我的信纸。父亲！我又淘气了！

看护妇的严净的白衣，忽然现在我的床前。她又送一束花来给我——同时她发觉了我写了许多，笑着便来禁止，我无法奈她何。她走了，她实是一个最可爱的女子，当她在屋里躞蹀之顷，无端有"身长玉立"四字浮上脑海。

当父亲读到这封信时，我已生龙活虎般在雪中游戏了，不要以我置念罢！——寄我的爱与家中一切的人！我记念着他们每一个！

这回真不写了，——父亲记否我少时的一夜，黑暗里跑到山上的旗台上去找父亲，一星灯火里，我们在山上下彼此唤着。我一忆起，心中就充满了爱感。如今是隔着我们挚爱的海洋呼唤着了！亲爱的父亲，再谈罢，也许明天我又写信给你！

女儿　莹倚枕

十一，二十九，一九二三

冰心（1900—1999），原名谢婉莹，现代作家、诗人、翻译家。"五四"时以"问题"小说和母爱哲学闻名，冰心的父亲谢葆璋（1866—1940），北洋水师学堂毕业，后加入北洋舰队，曾任北洋水师枪炮官、烟台海军学校校长。写下这封信时，冰心正在美国威尔斯利女子大学学习英国文学，信中详细记述了她住院时三次落泪的经过，抒发对父母的思恋。

陈约写给父亲的信

陈　约

父亲大人膝下：

　　敬禀者，昨日到四姑姐处得接二日来示，敬悉，勿念。另墨砚一方，同日得收，全无损伤，儿得之喜极矣。习字有此，巨感趣味也。此砚父亲预算托人带返，今竟便寄来，四姑姐一见便说："睇亚吧几痛你，重晗快的用心机。"（粤语，意为：看爸爸这样疼你，还不快点用心）在儿初学之人，得此可贵又为前名人所用之砚，本足引以为荣，但另一方面很觉惭愧，为望将来有种种成就，庶几不负此砚也。至于碑帖，儿多不知，最好能按儿程度陆续寄来。儿现欲得见者，篆书如李斯、李阳冰等所刻所书，得此虽不能即有所获，但常与之相见，自是一善法，余如钟繇二王欧颜之字，也请多检些寄回。前次父亲寄来之书籍，都有翻阅，未有提及，正是儿之浅陋处。只有给人，一点意思也没有也。寄来道、咸、同三朝数纸，已照写对过，快信寄上。前日四姑姐自港回，江姓友人托其带来儿小楷笔四枝，俱极品。昨日得博哥信，知也有笔三枝托人带来，儿高兴极了，能发奋将些笔用完，自有相当进步，然非易事也。

废历九月初二乡间大祠堂举行人伙礼，热闹异常。事前祖母、大姑等都想回乡，终以江河不太平，老人家上落不易，不果行。前三日奉上一函，另字一束；又五日，字一束，想都得接。祖母以次均好，勿念。平中各位谅均康健，余容后禀。专此，敬请金安。儿约谨禀。十一月十四日。

此砚与常品的是不同。此信为儿第一次试之，干固不易干，且自始至终浓淡如一。磨墨时间一倍往时之砚，以其滑也。事前儿知砚将到，曾购一本

《砚史》，看未有几页而砚已到，只摘涤砚、用砚几段看之，免不识而损砚也。

　　陈约（1909—1999），字约之，著名历史学家陈垣先生的三子，书法家。陈垣先生与孩子通信很多，后人曾辑录有《励耘家书》，这些信又以写给长子陈乐素和幼子陈约的居多，父子之间经常在信中就读书、治学、修身之事展开交流。

邓恩铭给父亲的信

邓恩铭

父亲大人：

不写信又三个月了，知双亲一定挂念，但儿又何尝不惦念双亲呢。儿一向很好，想双亲及祖母……均安康如常？

儿生性与人不同，最憎恶的是名与利，故有负双亲之期望，但所志既如此，亦无可如何。再婚姻事已早将不能回去完婚之意直达王家，儿主张既定，决不更改，故同意与否，儿概不问，各行其是可也。三爷与印寿回南，儿本当同行，奈职务缠身，无法摆脱，故只好硬着心肠不回去。印寿如到荔，问他就知道儿一切情形了。儿明天回青岛，仍就原事。余后续禀，肃此敬请。

福安　并叩

祖母　万福　顺祝

阖家清吉

男　恩明谨禀

五月八日

回家事虽没定，但亦不可告人。

邓恩铭（1901—1931），贵州荔波县人。1920年夏在济南参加组织了马克思主义研究会，后发起建立共产主义小组。1921年7月，出席中国共产党第一次全国代表大会。历任中共青岛市委书记、山东省委书记等职。1928年冬因叛徒告密在济南被捕。1931年4月5日被反动派杀害，时年30岁。此信于1925年5月8日写于淄川。当时邓恩铭正在去青岛途中，抽暇写下这封信，寄给远在贵州的父亲。信中的三爷是指邓恩铭的堂二叔，印寿即黄幼云，邓恩铭的堂弟。"仍就原事"是指1925年邓恩铭担任中共青岛市委书记，领导工人运动。

邹子侃家书

邹子侃

父亲大人膝下，敬禀者，昨日大人来此相探，嘱男在彼狗官面前书立悔过书，以求释放出狱。舐犊情深，思之黯然。男午夜扪心自问，天良未泯，爱国无罪，今身在缧绁之中，固不知有何"过"之可"悔"？"悔过"也者，敌人颠倒是非，混淆黑白，妄想沦全国人民于奴隶之境之大骗局耳，幸勿堕反动派之术为祷。男在狱中虽苦，尚幸灵魂洁白无瑕，故宁死而不求虚伪、卑污、罪恶的自由。大丈夫头可断，志不可屈。男非敢故违严命，亦非不念慈母之恩与夫弟妹之亲。然为国家为革命，也顾不得这许多了。望大人好好督促弟妹用功读书，将来长大以后，一定要走上我所走过的道路。

肃此，敬请

金　安

男子侃叩上

邹子侃（1912—1932），浙江临安人。1926年加入中国共产党，1927年被国民党军警逮捕，关押在国民党浙江陆军监狱。1930年春，中共狱中特别支部成立，邹子侃积极执行党的"破狱"决定，亲任总指挥，制定越狱暴动计划。由于叛徒出卖，暴动计划暴露，遭到传讯。他的父亲曾设法保释他出狱，但被他拒绝了。1932年2月2日深夜，邹子侃被秘密枪杀于狱中，年仅21岁。

闻一多致父母的信

闻一多

父

亲大人膝下：

母

近来家内清吉否？念念。连接二哥、五哥来函，人事俱好，祈勿垂虑。山东交涉及北京学界之举动，迪纯兄归，当知原委。殴国贼时，清华不在内，三十二人被捕后始加入，北京学界联合会要求释放被捕学生，此事目的达到后各校仍逐日讨论进行，各省团体来电响应者纷纷不绝，目下声势甚盛，但傅总长、蔡校长之去亦颇受影响。现每日有游行演讲，有救国日刊，各举动积极进行，但取不越轨范以外，以稳健二字为宗旨。此次北京二十七校中，大学虽为首领，而一切进行之完密、敏捷，终推清华。

国家至此地步，神人交怨，有强权，无公理，全国懵然如梦，或则敢怒而不敢言。卖国贼罪大恶极，横行无忌，国人明知其恶，而视若无睹，独一般学生敢冒不韪，起而抗之，虽于事无大济，然而其心可悲，其志可嘉，其勇可佩！所以北京学界为全国所景仰，不亦宜乎？清华作事，有秩序，有精神，此次成效卓著，亦素所习练使然也。现校内办事机关曰学生代表团，分外务、推行、秘书、会计、干事、纠察六部，现定代表团暑假留校办事。男与八哥均在秘书部，而男责任尤重，万难分身。又新剧社拟于假中编辑新剧，亦男之职务，该社并可津贴膳费十余元，今年暑假可以留堂住宿，费用二十六元，新剧社大约可出半数（前校中拟办暑假补习学校仅中等科，男拟谋一教习，于经费颇有补助。现此事未经外交部批准，所以作罢论），尚须洋十余元，男拟如二哥、五哥可以接济更好，不能，可在友人处通挪，不知两位大人以为何如？

本年又拟稍有著作，校中图书馆可以参览，亦一便也。男每年辄有此意，非有他故，无非欲多读书，多作事，且得与朋友共处，稍得切磋之益也。一年未归家，且此年中家内又多变故，二哥久在外，非独二大人愿男等回家一集，即在男等亦何尝不愿回家稍尽温省之责。远客思家人之情也，虽日求学求名，特不得已耳。此年中与八哥共处，时谈家务未尝不太息悲哽，不知忧来何自也。

又男每岁回家一次，必得一番感想，因平日在学校与在家中景况大不同，在校中间或失于惰逸，一回想象中景况，必警心惕虑，益自发愤，故每归家，实无一日敢懈怠，非仅为家计问题，即乡村生计之难，风俗之坏，自治之不发达，何莫非作学生者之责任哉！今年不幸，有国家大事，责任所在，势有难逃，不得已也。五哥回家，自不待言，二哥如有福建之行，亦可回家，男在此多暇，时时奉禀述叙情况，又时时作诗歌奉上，以娱尊怀，两大人虽不见男犹见男也。男在此为国作事，非谓有男国即不亡，乃国家育养学生，岁糜巨万，一旦有事，学生尚不出力，更待谁人？忠孝二途，本非相悖，尽忠即所以尽孝也，且男在校中，颇称明大义，今遇此事，犹不能牺牲，岂足以谈爱国？男昧于世故人情，不善与俗人交接，独知读书，每至古人忠义之事，辄为神往，尝自诩吕端大事不糊涂，不在此乎？或者人以为男此议论为大言空谈，如俗语曰"不落实"，或则曰"狂妄"，此诚不然。今日无人作爱国之事，亦无人出爱国之言，相习成风，至不知爱国为何物。有人稍言爱国，必私相惊异，以为不落实与狂妄．岂不可悲！此番议论，原为驷弟发，感于日寇欺忤中国．愤懑填膺，不觉累牍。驷弟年少，当知二十世纪少年当有二十世纪人之思想，即爱国思想也。前托十哥转禀两大人，新剧社赴汉演戏男或可乘机回家，现此问题已打消，男必不能回家也。或者下年经济充足，寒假可回家一看。寒假正在阴历年：男未在家度岁已六七年，时常思想团年乐趣，下年必设法回家，即请假在家多住数日亦不惜也。区区苦衷，务祈鉴宥，不胜惶恐之至！肃此敬请福安。

　　此次各界佩服北京学生者，以其作事稳健，男在此帮忙决不至有何危险，两大人务放心。

男骅叩

五月十七日下午

闻一多（1899—1946），中国现代著名爱国诗人、学者，也是新月派的代表人物。1919年5月17日，20岁的闻一多就读清华。时值"五四运动"爆发，闻一多热情参与，为免父母担忧，他写下这封陈词恳切的家书。

禀父书

方声洞

父亲大人膝下，跪禀者，此为儿最后亲笔之禀，此禀果到家者，则儿已不在人世者久矣。儿死不足惜，第此次之事，未曾禀告大人，实为大罪，故临死特将其就死之原因，为大人陈之。

窃自满洲入关以来，凌虐我汉人，无所不至。迄于今日，外患逼迫，瓜分之祸，已在目前，满洲政府犹不愿实心改良政治，以图强盛；仅以预备立宪之空名，炫惑内外之观听，必欲断送汉人之土

夫男儿在世，不能建功立业以强祖国，使同胞享幸福，奋斗而死，亦大乐也；且为祖国而死，亦义所应尔也。

地于外人，然后始大快于其心。是以满政府一日不去，中国一日不免于危亡。故欲保全国土，必自驱满始，此固人人所共知也。儿蓄此志已久，只以时机未至，故隐忍未发。迩者与海内外诸同志共谋起义，以扑满政府，以救祖国。祖国之存亡，在此一举。事败则中国不免于亡，四万万人皆死，不特儿一人；如事成则四万万人皆生，儿虽死亦乐也。只以大人爱儿切，故临死不敢不为禀告。但望大人以国事为心，勿伤儿之死，则幸甚矣。

夫男儿在世，不能建功立业以强祖国，使同胞享幸福，奋斗而死，亦大乐也；且为祖国而死，亦义所应尔也。儿刻已廿有六岁矣，对于家庭本有应尽之责任，只以国家不能保，则身家亦不能保，即为身家计，亦不得不于死中求生也。儿今日竭力驱满，尽国家之责任者，亦即所谓保卫身家也。他日革命成功，我家之人皆为中华新国民，而子孙万世亦可以长保无虞，则儿虽死亦瞑目于地下矣。惟从此以往，一切家事均不能为大人分忧，甚为抱憾。幸有涛兄及诸孙在，则儿或可稍安于地下也。惟祈大人得信后，切不可过于伤心，以碍福体，则儿罪更大矣。幸谅之。兹附上致颖媳信一通，俟其到汉时面交。并祈得书时即遣人赴日本接其归国。因彼一人在东，无人照料，种种不妥也。如能早归，以尽子媳之职，或能稍轻儿不孝之罪。临死不尽所言，惟祈大人善保玉体，以慰儿于地下。旭孙将来长成，乞善导其爱国之精神，以为将来报仇也。临书不胜企祷之至。敬请万福钧安儿声洞赴义前一日，禀于广州。

家中诸大人及诸兄弟姊妹、诸嫂、诸侄儿女、诸亲戚统此告别。

青年时代起，方声洞就怀有挽救民族危亡、献身革命事业的信念。1911年4月27日，参加黄花岗起义，弹尽力竭而死，时年25岁，为黄花岗七十二烈士之一。《禀父书》是一封在起义前写下的绝笔信，浓墨重彩地论述了自己抛家赴死的价值所在。

我的生活将不会给您带来耻辱

〔美〕海明威

亲爱的爸爸：

　　非常感谢您的来信以及您转来的泰莱叔叔的来信。我昨天也收到了一封他好心写来的信。您也许不知道，我对我自己给您和母亲带来如此多的羞辱和痛苦而深感不安——但我不可能把我和哈德利之间的问题全部写信告诉您，即使这是我应该做的事。跨越大西洋的信得走两个星期，而且我努力不要把我所经历过的极大的痛苦通过书信转移给任何人。我爱哈德利和本比——哈德利和我离婚了——我没有遗弃她，也没有与任何人通奸。我和本比住在一所公寓里——哈德利外出旅行时我照看他。正是当她旅行归来时，她决定与我离婚。我们安排好了一切，没有流言蜚语，也没有耻辱。我们之间的问题已持续了很长时间。这全是我的过错，不关别人的事。我对哈德利只有敬仰和尊重，当我们的婚姻破裂时，我无论如何不能失去本比。离婚后，我和本比居住在瑞士，他11月份将回来与我在山里度过冬季。

您很幸运，您在一生中只爱过一个女人。在一年多的时间里，我同时爱上两个人，但我始终完全忠实于哈德利。当哈德利决定我们最好离婚时，我爱的那个女子正在美国。我已近两个月没有收到她的来信了。在她的最后一封信中，她说，我们不能只考虑彼此，而应该替哈德利考虑。您提到"爱情掠夺者""破坏你的家庭的人"等，您知道我脾气急躁，但我知道，当你不了解别人时很容易诅咒别人进地狱，而我已经目睹了、遭受了并经历了极大的痛苦，因此我不会诅咒别人进地狱。正是因为我不希望您蒙受耻辱和不体面之苦，现在我才给您写这一切。我们已有很长时间没有见面了，而同时我们的生活都在继续，悲剧发生在我的身上已有一年了，我知道您能懂得，对我来说写出这一切有多么困难，几乎无法表达。

我们离婚后，如果哈德利还需要我，我是会回到她身边去的。但她说一切都好转了，我们俩人的境况都很好。我将永远不会停止对哈德利和本比的爱，也不会停止照料他们。我也永远不会停止对与我结合的波琳·法伊弗的爱。我现在是对三个人而不是只对一个人负有责任，请您理解这一切，并理解我写出这一切也很不容易。我确实明白，对您来说，不得不向别人解释和回答提问，却又收不到我的信，这是多么困难。我是个不会写信的人，对我来说，把我的私事写出来几乎是不可能的。没有刻意追求——由于我的作品的成功——我转给哈德利的所有收益——包括美国、英国、德国、斯堪的纳维亚半岛上的国家——因为这一切，又引起了许多流言蜚语。我不在意这些闲话，您也不必在意。我已经回到了原来的自己，人们所谈论的关于我的每一个虚假的、流言蜚语类的故事，都是没有根据的。这类故事出现在每一个作家、运动员、受欢迎

127

的福音传道士及任何演员的身上。但由于我渴望使自己的私人生活属于我自己，因此，我没有对任何人解释，我个人不愿成为演员以至于无意中给您带来了巨大的焦虑。唯一使我的个人生活只属于自己的办法就是把它保留给自己——我的确应该向您和母亲说明这件事，但我不能总是写信谈论它。

　　我知道您不喜欢我写的这类作品，但这是我们品位的不同，而且并非所有的评论家都是范妮·布彻这种人。我知道我没有在我的作品中使您蒙受耻辱，而是做了一件将来会使您引以为自豪的事。我不可能立刻使您感到自豪。我觉得最终我的生活将不会给您带来耻辱。这需要很长的时间才能显示出来。

　　如果您相信我，您会感到快乐得多，我也会感到快乐得多。当人们问起我，您就说欧尼从来不告诉我们他的个人生活，甚至不告诉我们他在哪里，而只写信说他在努力工作。您不必为我所写的和我所做的负责。我自己负一切责任，如果我犯了错误，我会接受惩罚。

爱您的，欧尼

于法国，昂代伊

1927 年 9 月 14 日

欧内斯特·海明威（1899—1961），美国小说家，代表作包括《老人与海》《太阳照常升起》《永别了武器》《乞力马扎罗的雪》等。海明威的父亲是名乡村医生，也是一个热爱自然的人，尤其热衷钓鱼和打猎，父亲的兴趣和爱好对儿子产生了很大影响。这封信写于海明威和他第一任妻子哈德利离婚之后，他向父亲坦陈自己婚姻中的困惑，也惯性地用硬汉式的态度表明自己可以承受一切而让父亲安享一份自豪。

总统女儿的心事

〔美〕海伦·塔夫脱

亲爱的爸爸：

　　我本想在圣诞节假期与您见面，商量我个人婚姻问题，但我计划在假期结束时与您相见，可您经常外出，我错过了机会。整个假期我几乎都在鼓动弗瑞德（耶鲁历史学教授弗瑞德·约翰逊·曼宁，1920年7月15日与海伦结婚）今年夏天与我结婚，您听到此事也许会感到很遗憾。

　　他很坦率地指出了所有不宜结婚的理由，但他最后不得不承认，结婚也许是唯一的选择。但我们来年的经济状况不会得到根本好转，所以，他做出了让步：如果他能再次受聘，如果我们能根据我们的经济状况找到合适的房子，他就同意结婚。

我知道，您反对我们结婚的主要原因是担心我的论文。我想，我在去年夏天没有针对此事答复您，可我确实认真考虑了论文问题。我认为，等拿到博士学位再结婚确实没什么必要。您知道，我从来没打算结婚后不工作，问题是，我在纽黑文或其他我们居住的地方能找到什么样的工作。做论文并不难，如果我找不到喜欢的工作，来年我就能完成论文。当我最初选定论文题目时，艾伯特教授说，写论文不用到国外，即使我不能按最初的计划去英国，去加拿大同样能写出优秀的论文，论文发表后再去英国。如果我们能做出安排，弗瑞德也想去英国，在那里完成他的论文。

更重要的问题是我要选择一个什么样的职业。我初步想，建起家庭后，写作或编辑工作最适合我，虽然比不上教书，但我确实喜欢。从事写作的唯一困难是，文学是个开头难的职业。所以我说，如果明年能找份好工作，我就先干那份工作。弗瑞德征求我的意见，想去西部。这样，我们俩都可以在那里教书，但这个计划也有许多困难让我不便去。无论如何，关于论文之事，我看不出婚后不该写论文的理由。如果您认为一枚结婚戒指会阻碍了所有的工作机会，那么，我就不在乎能不能获得博士学位了，那只不过是一张上面有我名字的纸而已。假如弗瑞德去世或抛弃我，我也能很容易地找到一份需要或不需要学位的不错的差事。

当然，经济问题是最关键的问题。如果弗瑞德被再次聘用，他来年将有1750元的收入（我不怀疑他会被再次聘用，但因历史课程计划的改变，他也有所保留）。我每年的收入大约是600元（具体数字看诺顿先生的投资情况）。我估摸，我们俩每年大概有2500元的进项。我们租最便宜的公寓，不雇仆人，自己做简单的早餐和晚餐，在外面吃午饭，每周只雇佣一次清洁女工和洗衣女工。虽然我们没有做详细的预算，但我相信，靠2500元生活是没问题的。这是从内德的母亲和玛格丽特·弗伦奇（她结婚后仍做自己的事情）得到的启发。假如我不必自己做午餐，我想，我一天至少可以用六七个小时来研究历史。我认为，如果您想在未来几年资助我的话，那您是不会拒绝每年给我1000元的。这样，如果我们幸运的话，就能有些积蓄，要个孩子。

最大的经济困难还是结婚费用。弗瑞德今年得购置些衣服和家具，如果在夏天前办理，所有积蓄就所剩无几了。我希望至少有500元，这样就能设法解决结婚费用，但蜜月就要从简。对已婚者来说，最困难的时刻该是婚后九到十年。当然，如果弗瑞德一切顺利，并在后年继续他的论文，那对他来说是再好不过了。但我还是不能确定他那时能否担得起出国费用。但是，由于我们过于轻率地坠入爱河，我想，我们别无选择，只有完婚。到夏季，我就满29岁了，弗瑞德也将满26岁！我们俩，尤其是我，不希望再花上几年准备结婚。再有，我不知道您是否注意到，我们深深相爱，让大西洋把我们隔开一年，或在纽黑文待下来，这会让我感到很沮丧。我知道，我们会面临几年的艰苦生活，但对我来说，这是值得的，弗瑞德的愿望也让我快乐。

我要在下星期五去西部，未来的一段时期将异常繁忙，这就是我现在写这封信的原因。您在考虑妥当前，不要急着给我回信。我只是将我的一些不成熟的想法告诉您。我们确实有必要或多或少地为来年做些安排，当然，我们可以随时修改这些安排。

当我抵达辛辛那提后，我就把我要结婚的消息告诉安妮姨妈和查理姨父。我想，如果不告诉他们，他们知道后会责怪我的。我也要写信告诉贺瑞斯叔叔。到目前为止，我们一直隐瞒着我们相爱的秘密呢。我想六月份再告诉布林莫尔市的亲朋好友。

把无限的爱献给您。

您的女儿海伦

1920年1月11日星期日，于布林莫尔

［刘植荣　译］

海伦·塔夫脱（1891—1987）是美国第27任总统威廉·塔夫脱第二个孩子，也是他唯一的女儿。在这封写给父亲的信中，海伦就自己的恋爱和婚姻问题和父亲坦诚交流，并试图说服父亲婚姻并不会对完成论文获得学位有什么妨害，她在信中的自信和理性让人印象深刻。

希望您能汇笔钱给我

〔爱尔兰〕詹姆斯·乔伊斯

1930年2月26日

巴黎高乃依大饭店

亲爱的爸爸：

　　我星期二下午接到了您的电汇并且美餐了一顿。由于是狂欢节的夜晚，我就索性奢侈一番——一支雪茄，投撒五彩纸屑，还吃了一顿晚餐。我买了一个炉子、一个长柄深平底锅、一个盘子、一个杯子、一个托碟、一把刀、一只叉、一把小匙、一把大匙、一个碗，还有盐、糖、无花果、通心面、可可茶等，还从洗衣店取回了衬衣衬裤。现在我试着自己做饭了。比方说，昨天晚上的正餐有两个老煮蛋（四旬斋期间这里卖红壳老煮蛋）、黄油面包、通心面、一点儿无花果、一杯可可茶。今天的午饭是一点冷火腿、黄油面包，加糖瑞士奶油；正餐有两个荷包蛋和维也纳面包、牛奶通心面、一杯可可茶和一点儿无花果。星期天的正餐我要做炖羊肉——羊肉、一点儿土豆、蘑菇和小扁豆，随后有可可茶和饼干。明天（午饭）我将吃完我的黄油面包夹火腿、加糖瑞士奶油，吃完我的无花果。我想这样做就会减少费用。无论如何我希望现在不要像往常一样睡着就梦见大米布丁，这对一个正在斋戒的人来说不是一个好梦。说起来怪难为情的：星期二吃过正餐我生了重病，夜里还呕吐了一阵。第二天一整天觉得很难受，不过今天好多了，仅仅有几次神经痛发作——我想是由定期的斋戒引起的。

星期二早晨我接到《言者》寄来的我的文章校样，如果我估计正确的话，它将在二月二十八日星期六发表。大概下星期我就可以拿到稿费。《快报》那里没有任何消息。斯坦尼告诉我，我的四篇评论已经发表。两星期前我寄给他们一篇对萨拉·伯恩哈特的一次演出的批评，我给你说过，还附了一封信。今天我又寄了一篇狂欢节纪实。至于我的另外一篇论文，至今尚未发表，而且在报业辛迪加批准校样以前就没有做出任何许诺，也没有钱。我估计校样已准备就绪，因此我只好等待。我尽量让我收的学费（二十法郎和十法郎）在三月底以前原封不动，以便支付旅馆账单。

星期二我接到旅馆账单（一镑十先令，因为我用了七支蜡烛——三先令——后才搞到了一个灯），望您能在一号把这笔钱汇给我，因为这里房东太太的脸色阴沉，她看见我上楼时一只衣袋里鼓鼓囊囊地塞着牛奶，另一只衣袋里疙疙瘩瘩地塞着面包和食品，便用一种古怪的目光盯着我。如果我日子过得去的话，我希望不再烦您要钱。我欠了十八先令的债，不过眼下先把它挂起来。您的（也是我的）好朋友图伊先生，如我所说，对我的信未予理会。我看爱尔兰旧时报什么也没有干，要是我是一个鉴别笨蛋的行家，对一该报的经理就理都不理了，因为我认为他的脑瓜笨透了。要是我发现编辑们、经理们和"务实的"人们像他们表现出来的那样顽固，我就要认真地考虑进教堂了。

吉姆

［蒲隆　译］

詹姆斯·乔伊斯（1852—1941），爱尔兰作家，现代主义文学巨擘，其文学观念对后世影响巨大。代表作包括《都柏林人》《一个艺术家青年时期的画像》《尤利西斯》《芬尼根守灵夜》等。詹姆斯·乔伊斯的父亲约翰·斯坦尼斯劳斯·乔伊斯1859年就读于费莫伊的圣科尔曼学院，1867年在科克郡女王学院学习医学，但没有完成大学学业，后来做了一名公务员和税务员。他的子女众多，詹姆斯·乔伊斯是他偏爱的长子。这封信写于詹姆斯·乔伊斯旅居巴黎时期，信中流水账似的日常记录，信末张口向老父要钱，足见伟大如乔伊斯者在面对父亲时，也像一个普通的大一学生一样。

亨利·詹姆斯写给父亲的信

〔美〕亨利·詹姆斯

佛罗伦萨

1869 年 10 月 26 日

我最亲爱的爸爸：

　　我觉得我这封信的内容应该是很忧郁的。虽然如此，我还是必须要写，哪怕只写三行也行。有时候我会感到独处幽居的沉闷无趣和流落异乡的辛酸苦痛，而这种感觉从来没有像现在这样强烈。现在，天气已经极为阴冷，每天都是阴云密布、寒风凛冽。夜幕降临到我寒冷狭窄的屋子里了，我点起蜡烛来温暖一下我的手指——同时我也开始写这封信，好让我的思维活跃起来。幸福快乐的佛罗伦萨人就要聚在家里开始吃晚饭，享受彼此谈话聊天的惬意。——很好，就应该是这样：如果不能和家里人在一起吃饭、聊天，能给家里人写信也是件很幸福的事。——我刚去卡西内公园——堪称佛罗伦萨的布洛尼公园——散了好长时间的步，才回到家里。卡西内公园地处阿尔诺河岸，草木葱茏、风景优美，无边的迷人景色一直延伸到长满紫罗兰的山丘之中。佛罗伦萨的上流人士和资产阶级都云集在这里——他们衣着讲究、风度翩翩，尤其是那些走在路上的资产阶级更是如此。我被意大利人，尤其是意大利男人的优美深深折服。见过了瑞士的那些丑陋的日耳曼人以后，意大利人带给你的是最令人愉悦的感官享受。他们说话的时候轻声细语，面带迷人的微笑，优雅高贵的话语像潺潺溪水从口中娓娓道出，这时你真的会为自己的盎格鲁—撒克逊血统感到羞愧。在我有限的生活阅历中，我从来没有像在佛罗伦萨时一样见过那么多有王子气质的年轻人。他们的美是由内而外的，既有形体和容貌之

如果不能和家里人在一起吃饭、聊天，能给家里人写信也是件很幸福的事。

美，亦有智慧和活力之美。——他们的美让我悲伤的心得到了些许安慰。——家里杳无音信让我感到很伤心——我已经快三个礼拜没收到过家里的信了——既没有生命的迹象，也没有爱的回声。我刚到这里的时候收到过妈妈的来信，后来我虽然一直在等待，但再也没有更多的消息。——我不是要抱怨，可是我感觉很孤独、很脆弱，对这事我也没法装得满不在乎。我真诚地相信这种沉默无声的状态很快就会被打破。——我给大家做个榜样吧：虽然我没多少要说的，但我终究还是要写信。我在佛罗伦萨的生活非常宁静、单调，如果不是因为喜欢看看那两座伟大的美术馆的分类目录，我的信一定会非常简短。实际上，这些目录就像我按时间顺序记录的事件一样，我主要通过他们来欣赏画作。我觉得我现在可以说，我是了解乌菲齐美术馆和皮蒂宫的，我这么说是有一定事实依据的。我希望这些天每一天都是在学习知识——而不是获得了一点点知识便去为人师——那样的话，我会变得多么有智慧啊。这两座美术馆的藏品之丰富难以言说，所以我希望在离开佛罗伦萨前，可以将那熠熠生辉的藏品给威廉做一概述。

25 日，星期一，晚上。昨天我不得不暂停写作，因为我的屋子里实在冷得待不住。凛冽的北风吹了好几天了，佛罗伦萨简直就像一月份的波士顿一样寒冷。为了取暖，也为了让自己心情愉快，我就去了离我这儿很近的一处英语阅览室，在那儿待了一个小时之后，我渡过阿尔诺河去拜访了亨廷顿夫人和她的女儿们，这几位我在前面提到过。到了之后，我发现她们正跟霍雷肖·格里诺夫人及女儿围坐在温暖的火炉边，那场景看上去十分温馨。我与这些富有而美丽的女同胞们一起度过了一个愉快的夜晚。今天我也有些社交活动，查尔斯·诺顿今天早上从比萨来找住处，他的家人没来，留在比萨。我和他一块在城里转了转，下午分手，他就回比萨了。我们看了两处不错的房子——一处位于市中心，房子很大，很气派，形制与亨廷顿家的差不多；是一处让人流连忘返的古老别墅，就是离城门远了点。查尔斯对第二处房子情有独钟——不过，如果将读书和会友等因素考虑进来的话，那的确是一处难得的宜居之所，既宽敞明亮又让人感觉亲切：那房子高大宽敞、历史悠久，是典型的意大利住宅——花园以及屋外所有的景观都是意大利风格的——从这里望出去，整个佛罗伦萨就在你脚下，而远处则是开满紫罗兰花的亚平宁山脉，山顶一片白雪皑皑。隐约之中我感觉他们在一周之内就会来此居住。有机会欣赏那座别墅和其他所有的景色，这使我感到心情非常愉悦。这让我对佛罗伦萨独特的魅力——甚至整个意大利的魅力——有了极为深刻的认识——这是一种难以言表、无法界定的魅力，这种魅力只能从当地固有的风情中感知。但是，一旦真切地感受到，它就会在细腻而敏感的心灵上留下永久的印记，而且在未来无尽的细微的渴望和怀念中，将心灵与意大利这块土地紧紧地联系在一起。我多么希望我可以让您、妈妈还有爱丽丝在这样的房子小住几日——饱览那里如画的美景，尽享秋日阳光的绚烂——这种房子跟佛罗伦萨的一切一样，好像都被柔美的紫罗兰染上了颜色，胜似一杯淡淡的葡萄酒。但我的这种想法其实很荒唐幼稚。——您会寂寞死的，您也会把您的那些陈年旧事都翻出来臭骂一顿的。——我差不多答应过诺顿，会在一两天内去趟比萨，争取在他们家搬来佛罗伦萨之前去看看他们。对于此趟行程，我有些举棋不定，因为如果我现在离开佛罗伦萨，那就意味着我恐怕要彻底告别意大利了。很遗憾，我得告诉您，我现在的身体状况一点都不好。不是说我又患上了新的、让人大吃一惊的疾病，病还是旧疾。我原本很有信心，此时病情可以完全得到控制，身体得以康复。但是，在最近六个礼拜，病魔像泰山一样压得我喘不过气来。威利会告诉您这是怎么回事：我来到佛罗伦萨不久就给他写信说过这件事。在瑞士的时候，整个夏天我都在跟这个病魔苦苦鏖战。但我离开瑞士的时候心里非常痛苦，因为在这场战斗中我没有取得丝毫战绩。之后，我来到了意大利。在意大利期间，我的阵地迅速丧失，现在我连立足的地方都快没有了。不管是在威尼斯的时候，还是在我来这里的路上，抑或是在这里待的三个礼拜中，我的情况都很糟。到这里不久，我几乎病倒了，不得不卧床休息，请医生来诊治，而且直到现在这位医生还在为我治疗。他一直在给我用药，但疗效甚微，我的病情似乎更严重了。不过，详细情况我就不给您讲了，您可以去问威利。我不知道该不该把我的病和意大利的气候联系起来：为了保证病情持续而稳定地好转，我的生活模式都是经过精心而周密计划的（可以这么说）。因此，我实在不知道怎么解释我的病情为什么会恶化，但事实就是这样，我必须接受。现在，我的身体状况非常糟糕，我感觉我好像连一个礼拜都活不过去了。不是我没耐心，我给了这个病一定的机会。但我现在的状况却令人难以忍受，这就是我的耐心换来的结果。我极力寻找理由让自己相信：现在最应该做的就是留在意大利，而且只要这样做，病情一定会好转。经验告诉我，没有任何理由相信病情会有所好转，而如果病情没有好转，我在意大利是绝对待不下去的。这就产生了一个让人难过的问题：到底什么才是真正的快乐呢？我的病情几乎把我的佛罗伦萨之行弄得一团糟：如果它继续把我在其他地方的行程搞砸，我会十分难过。我现在已经快无计可施了，我到底该怎么办？我差点儿就要下决心直接离开意大利，再回到莫尔文去。回国后，我感觉只有待在莫尔文的后半段以及接下来在英格兰旅行的一个月，我的病情才有所缓解，日子也过得轻松舒服。一离开英格兰，我立刻就感觉旧病复发了。正因为如此，我有理由相信，如果再到莫尔文好好待上两个月（时间短点也可以），对我的身体可能真有益处。怀着这样强烈的信念和无尽的遗憾，我做出了这个决定。现在，在即将离开意大利之时，我想我要做一件我曾做过的最难的事。对我来说，我看不出还有别的什么办法。罗马的大门就在眼前，却要转身离去，这当然需要强大无比的意志力。前面一束微弱的光线就会让我疾速前行。但我无法保证像游览佛罗伦萨那样游览罗马。因此，越早做决定越好。这一定会让国内关心我的你们深感失望，我自己也很失望；再加上我还要去莫尔文寻求康复的机会。没有哪个罗马和意大利能够与使我卸下这个令人沮丧的负担的罗马和那不勒斯相比了。事情已经到了这个地步，离开要比待下去更为简单容易。你们可以根据这个简单的事实对我这样仓促逃离意大利的必要性进行评估。

星期二早上。昨晚冷得不行，我就上床睡了。今天早上出去之前，我颤颤巍巍地拿起笔来，把信写完。信中流露出的全都是些让人忧郁沮丧的情绪，所以越早写完越好。不要骂我，更不要可怜我。只要您过得舒服安逸，心情愉快就好。我一切都会好的。千万不要不给我写信，我可不愿意享受这种放任的快乐。——亲爱的爸爸，一旦我的这个老病根被彻底治愈，我一定会成为一个各方面都健康的人。请记住这一点，为我祝福。现在，这个病是我前进道路上的唯一绊脚石。我想，倘若我能将它移开，我就能勇往直前，健康地生活和工作。——昨天晚上我花了不少时间考虑我是不是可以不去罗马。走着看吧：我先去比萨待上几天，换换环境，跟人交往交往，可能病情一下子会有所好转。若是这样，我也许可以去罗马待上几个礼拜了。到了那里我会给您去信，告诉您我是准备北上还是南下，您就能知道给我的信寄往哪里。再见吧。拥抱您——紧紧拥抱你们所有的人。为了宽慰自己，我发明了一套理论。根据这个理论，我现在之所以病病怏怏的，是因为爱丽丝和威利的身体在恢复，在此过程中他们将其身上的某些疾病转移到了我的身上——这样就可以让身体虚弱、漂泊在外的病人感受到家人的挂念，他们就是用这种方式来抚慰我的。难道不是这样吗？我原谅他们了，并且祝福他们。

永远爱您的小儿子亨利·詹姆斯

[师彦灵　译]

亨利·詹姆斯（1843—1916），美国小说家、批评家。代表作有《一个美国人》《一位女士的画像》《鸽翼》和《金碗》等。他的创作对20世纪崛起的现代派及后现代派文学有巨大的影响。写下这封家信的时候，亨利·詹姆斯正独居佛罗伦萨养病。在信中，他一方面表达了对佛罗伦萨美景与当地人高贵气质的折服，另一方面也表达了对家人的深深思念。身体虚弱又漂泊在外的他对家人的关怀有着深深的渴望。也许正是这种与孤独、病魔和环境对抗的经历，为他日后的创作积累了宝贵的财富，给他的作品带去了一种独特的视角。

在热带繁生和增长的爱意

〔英〕达尔文

亲爱的父亲：

我写这封信的时间是2月8日，离圣特雅哥（佛德角群岛）已有一日的航程，想找一个在赤道附近某处遇到一艘回国船只的机会。然而，不论这种机会在什么时候到来，发信日期会说明这一点的。现在我要从离开英国的那一天开始写，把我们的进展做一个简短的叙述。正如你所知道的那样，我们是在12月27日启航的，自从那时起直到现在，我们很幸运地遇到了顺利的中级风。后来证明我们曾逃过了3次强烈的暴风，一次在英吉利海峡，一次在马得拉群岛，一次在非洲的海岸边。但是逃过暴风之后，我们感到了它的后果——波涛汹涌的海。在比斯开湾中，巨浪的起伏是长久而又连续不断的，我由晕船而感到的痛苦远远超过了我以前所设想到的情况。我相信你是急于知道这件事的。我把重价买来的经验都告诉你。在海上仅过了24小时的人没有权利这样说：晕船甚至是令人不舒服的事。当一个人疲惫到用一点力量就会感到发昏的程度时，这仅是真正痛苦的开始。我发现只有躺在吊床上才能使我舒服一些。除了你建议的葡萄干外，我的胃是不能承受任何别种食物了。

1月4日，我们距马得拉群岛已没有多少里路了，但是由于波涛汹涌，同时岛的位置在上风，所以认为不值得逆风驶近它。后来发现，我们没找这种麻烦是我们的幸运。我呕吐得太厉害，甚至不能站起来看一看遥远的海岛轮廓。在6日晚间，我们驶进了圣大·克卢兹港。这时，我初次感到我的健康甚至有了中等程度的恢复，我想象着长在美丽山谷中的新鲜水果等一切令人喜悦的景象，并且读着洪保德的关于岛上壮丽景色的描写；或者你几乎可以猜到我们所感到的失望，一个身体矮小面孔苍白的人通知我们说，我们必须执行12天的严格检疫。船上是死样的寂静。后来船长喊了一声"上帆"，于是我们就离开了这一个长期向往的地方。

在腾涅立夫岛和大加那利岛之间，我们有一天没有遇到风，在这里我第一次体验到一点享乐。景色是伟大的。腾涅立夫峰矗立云间，看去好像是另一个世界。唯一使我们感到美中不足的地方就是我们不能快一点到这个壮丽的岛上去。告诉艾顿永不要忘记加那利群岛，也不要忘记南美洲；我确信这种必要的麻烦可以得到充分的补偿，但是他必须下决心多注意南美洲。如果他不做这样的打算，我确信他会后悔的。由腾涅立夫岛到圣特雅哥岛的航行是极为愉快的。我在船尾下了一个网，捉到了奇怪的动物，并且使我在舱中的时间全部有了事情可做，在甲板上天气是悦人而晴朗的，天和水一起构成了一幅图画。16日我们到了佛德角群岛的首府普拉雅港，我们在那里停留了23天，那就是，直到昨天2月7日为止。日子过得愉快极了，的确没有比这更愉快的事情了。我忙得很，工作是一种职责，又是一件极大的乐事。自从离开腾涅立夫岛以后，我相信我没有偷闲过半小时。圣特雅哥使我在自然科学的几个部门中得到了极丰富的收获。我发现关于许多较为常见的热带动物的描述是很少有价值的。当然我指的是那些较为低等的动物。

在一个火山区域中进行地质调查是一件最愉快的事；除了它本身是有趣的以外，它还可以把人带到最美丽、最隐僻的地点去。只有喜欢自然科学的人才能想象到在椰子树下、在香蕉树和咖啡树的丛林中，以及在无数的野花间漫步的那种乐趣。这个岛屿给了我许多指示和愉快，但是在我们将航行到的那些地方中，这个岛屿还被人认为是最没有趣味的。一般说来，它的确是很荒凉的，但在强烈的对比下那些山谷就显得非常美丽了。对风景的任何描述都是完全无用的；对一个未曾走出过欧洲的人谈论完全不同的热带风景，正如对一个盲人谈论颜色一样，这同样都是没有用处的。每当一件事物使我感到喜悦时，我总是希望把它写在我的航海日记中（它的厚度增加了），或是写在一封信内；所以你必须原谅我所表示的狂喜以及那些用字不妥的狂喜。我发现我的标本正在大量地增加着，我想我将不得不由里约热内卢先寄回一批东西回国。

我们在普里茅斯所经历的一切无穷的延误是最幸运的，因为在外出做自然科学各部门的采集和观察工作的那些人之中，我确信没有一个比我装备得更好的了。在那群顾问之间，我确是得到了好处。我极为惊奇地发现，在一只船上可以非常舒适地进行各种工作。每件东西都近在手边。同时挤在一个狭小的地方必须使人注重秩序，所以最后获益的人是我。我已做到把海上看成是一个正常安静的地方，好像在外边过了一个时期后回到家中去一样。总之，我感到一只船就是一座舒适的房子，你所要的东西里面全有，如果不是晕船的缘故，大概全世界的人都要来做水手了。我认为伊拉司马斯所举的那个例子是没有重大危险的，如果是有危险的话，那么他一定还不知道晕船痛苦的十分之一。

　　现在我比起初更加喜欢那些军官们，特别是惠克哈姆、年轻的凯恩和斯托克斯，我的确是喜欢所有的军官。舰长继续不变地保持着很和蔼的态度，并且尽其职权内的一切力量来帮助我。当我们到了一个海港的时候，我们两人见面的机会就很少了，我们的工作把我们引到极不相同的路上去了。我生平从没有遇到过一个能够忍受这样多疲劳工作的人。他不停地工作着，当他看起来没有工作的时候，他正在思索。如果他不致累死的话，他在这次航行中将会完成大量的工作。我感到我是很健康的，我对我们遇到的这种稍为酷热的天气所表现的忍受力还不次于任何人。不久我们就要遇到真正酷热的天气了。现在我们正驶向巴西海岸边的斐尔南多诺隆那岛，我们在那里不会停留很久，然后察看一下那里同里约热内卢之间的那些浅滩，或许还会访问巴伊亚。遇到发信的机会时我就结束这封信。

2月26日。——距巴伊亚约有280英里。在10日，我们同邮船里拉号打了招呼，它是开往里约热内卢的。我借这只船发了封短信，遇到第一个机会时便寄往英国。自从写了这封信的第一部分以后，除了越过赤道和受到刮脸礼以外，没有发生过什么事。这是一种最讨厌的手术，脸要用油漆和柏油擦过，这样就形成了一层泡沫，再用一把代表剃刀的锯来刮去它，然后被按住在一个注满海水的帆布中淹个半死。在赤道以北约五十英里处，我们临时停泊在圣保罗岛；以前很少有人到过大西洋中的这个小地点（约长1/4英里）。岛上一片荒凉，但有成群的鸟；它们对于人非常生疏，所以我们发现用石头和棍子就可以把它们打死许多。在岛上停留了几小时以后，我们便乘小船回到了"贝格尔舰"上，小船中满载了我们的猎物。从那里我们到了斐尔南多诺隆那岛，这个小岛是巴西人囚禁充军犯的地方。由于那里有着强大的拍岸浪，登陆是极端困难的，所以舰长决定在到达后的第二天就开船。我在岸上的那一天是感到极有趣味的，整个的岛是一片森林，匍行植物把这个森林紧密地交织在一起，所以想离开那条踏成的小径是非常困难的。我发现所有这些人迹罕到的地点的自然科学对象是极有趣味的，特别是地质学的对象。我写了这样多的话为的是要节省到巴伊亚后的时间。

无疑地，热带中最引人注意的东西是植物的新奇形态。椰子树很可以由图画中想象出来，如果你给它加上欧洲树木所没有的那种优雅的明快颜色。香蕉树和车前同暖房中的完全一样，金合欢或罗望子由于蓝色的叶子而引人注意；但是关于那壮丽的柑橘树，描写和图画都不能使人得到任何恰到好处的印象；我们的柑橘树有着憔悴的绿色，而这里的本地柑橘树则比葡萄牙月桂树的颜色还要深，同时在姿态美上远远超过了月桂树。比较繁荣的乡村周围一般都种植者椰子树、番瓜树、浅绿色的香蕉树以及柑橘树，上面结满了果实。当一个人看到这样的风景时，他感到近乎标准的描述是不可能的，夸张的描写更是不可能的。

3月1日。——巴伊亚，即圣萨尔瓦多。我在2月28日到达这里，在我写信以前，我确实在新大陆的森林中漫步过了。没有人能够想得出像巴伊亚古镇那样美丽的景色，它完全被一片美丽的树木所构成的茂密森林拥抱着，它位于海岸悬崖上，依瞰宽阔的众圣湾中静静的海水。房舍是白色的、高耸的，由于窗户的狭长，它们的外观是非常轻快而优美的。修道院、柱廊和公共建筑在整齐划一的房舍中形成了一点变化；海湾中停满了大船；总之，我可以再说一句，它是巴西最美丽的风景之一。但是，除了经历过的人以外，别人不能领会在这样的花和这样的树间散步时所感到的那种深切而巨大的喜悦。虽然它非常靠近赤道，这个地区并不热得讨厌，但现在是很潮湿的，因为正在雨季。我感到这里的天气对我还非常合适；它使我渴望着在这样一个地方安静地住一些时候。如果你确想知道一点热带地方的情形，你可以看一看洪保德那本书。不要

我认为一个人的爱同其他善良的东西一样，
在热带区域中是会繁生和增长的。

读那些有关科学的部分，要从离开腾涅立夫岛之后开始看起。我越读他的书就使我越感到钦佩他。告诉艾顿，（我觉得我是在给我的姊妹们写信！）美洲使我感到了极大的喜悦，如果他不到此一行的话，我确信这会是一件极可惜的事。

这封信将在5日发出，恐怕要过相当的时间后你才能接到它；我必须提醒一下，因为我是在地球上的其他地方，所以你可能很久听不到我的消息。一年可能就偶然地这样消逝过去了。我们大约在12日起程赴里约热内卢，但是我们要在途中停留一些时候，去测量阿勃罗耳霍斯浅滩的深度。告诉艾顿，就我的经验来说，他应当学习西班牙文、法文、绘图和洪保德的著作。我诚恳地希望听到他到南美洲来的消息（如果我不能在南美洲看到他的话）。我要在里约热内卢期待着你们的信，在我没有回复每一封信以前，我将在下一封信中提一提他们的日期。

我们在演习中战胜了一切的船只，正因为这点，司令说我们不必学他的榜样，因为在每件事情上我们都比那只大船干得更好。我开始对海军的细节表示极大的关心，特别是现在，因为我发现他们都说：在南美洲我们是天字第一号。我认为我们的舰长是一个最卓越的军官。今天，我们在卷帆演习中击败了"三宝垅舰"，这是非常光荣的战绩。一艘"测量船"击败了一艘正规军舰是一件十分新奇的事，况且"贝格尔舰"也不是一艘特殊的船。晚间，我确曾在后甲板的圣地上坐了下来，当伊拉司马斯听到这件事的时候，他会清楚地领悟到这点。你必须原谅这些奇怪的信，可以想到它们大都是在晚上当我做完了自己的白天工作以后才写的。我在我的航海日记上化了更多的精力，所以关于我到过的一切地方，你最后可以看到详细的叙述。直到现在为止，这次的航海对我来说是非常成功的，虽然如此，我现在更充分地体会到你在阻止这一整个计划时所表现的智慧；有无数的机会可以使事情演变到完全相反的方向；我深切地感到了这点，所以如果有人在类似的情形中征询我的意见，我在鼓励他时会是非常谨慎的。我没有时间写信给任何别的人，所以可以把这封信寄到麦尔，以便使他们知道：在壮丽的热带风景中，我没有忘记他们帮助我到这里来的好意。我不会再表示狂喜了，但我深信我没有因为纯粹的喜悦而发狂。

代我问候家中的每一个人和欧文一家的人。

我认为一个人的爱同其他善良的东西一样，在热带区域中是会繁生和增长的。

一想到我是在新大陆上散步时，我自己甚至仍然感到惊奇，我猜想在接到你的一个儿子从这种地方寄来的一封信以后，你感到的惊奇也不会少于我。

你的爱子　达尔文

1832年2月8日于巴西，巴伊亚，圣萨尔瓦多

查尔斯·罗伯特·达尔文（1809—1882），英国生物学家。曾乘坐贝格尔号舰进行了历时5年的环球航行，后出版《物种起源》，提出了生物进化论学说。在巴西写下这封家信的时候，达尔文正乘坐贝格尔号进行环球航行。正是在这里，达尔文明白了地壳升降的原理，并向父亲讲述了乘船进行环球旅行的艰苦，描述了自己在南美洲热带火山地区进行地质考察的种种收获，通过达尔文的这封信，我们依然可以想象这片大陆曾经的美丽，这也成了这篇家信永恒的意义所在。

为了纯粹的热爱而工作

〔美〕哈特·克兰

亲爱的爸爸：

您的来信比我预想的要长。鉴于您考虑周详让您的公司给我提供那么优厚的岗位条件，我本想更及时地回复您，但自从从伍德斯托克回来后，我一直在此地四处找新工作，面试、应征广告，忙得不可开交。而到了晚上要么有人给我打电话，要么我实在太累了，以致不能遂愿地给您回信。

所有这些，您可能已经猜到，我觉得接受您的提议不切实际，虽然这提议看起来很贴心。此外，我还必须考虑到我们俩之间的公平，接受这个建议对我来说也是违心的。我深知，我有必要尝试比以往更深刻地剖析自己，以便于您理解上述两点的原因，但是囿于信的篇幅，我也许只能简明扼要地谈几点，余下的留待以后，比如或许可以等您到纽约来看我，而我也在这里恭候您的到来。爸爸，我希望接下来您能相信我的话，我的自尊并没有因为我们过去可能存在的误解，而有任何抗拒的心理。我渴望同您像父子那样交谈，我的意思是，在一个没有任何偏见或世俗问题干扰任何一方的纯粹关系中。这是我两个多月前给您写三年来的第一封信的前提，同时也希望您理解这是我现在给您写信的前提。至少，我正在做我所知道的最诚实的事情，不管我对您说过什么，不管从这时起我可能对您说什么。这是我发自肺腑的誓言。

在信中，您细心地建议我，如果我认为我从事的广告工作让人着迷，令人愉快且有利可图，以至于以后我可能会后悔转投您的企业——一家经营范围如此广泛的公司，那就可以对您的建议充耳不闻。您完全有理由假定我对这类工作有相当大的兴趣，因为在不到三年的时间里，我进入了世界上最大的机构，从表面上看，我专注于不菲的报酬和体面的地位。但是，如果在我本该向您说明前有机会告诉您，除了这是维持衣食的有效手段外，我对广告没有兴趣，只不过它最能发挥我作为作家的天赋，我选择它不过是作为最容易上手的权宜之计。明乎此，您也就更能理解为何我在10月底离开了在智威汤逊公司的职位，因为从世俗的角度来看，这样做是不明智的。去乡下是因为我好几年没有度过假了，在如高速齿轮般的机构里高速运转的工作令人疲惫不堪，而切要者在于，我需要宝贵的时间来进行真正的思考和写作，于我而言，这是生命中最重要的事情。当我返回纽约时，复印部主任让我见他，但他还没有从外地回来，我不知道我是否会回到那里。我告诉格蕾丝，他们要求我果断地回去，因为我不想让她为我担心——她有很多的担心，但太多了。

据上而言，我想您现在会明白为什么我不认为接受您的建议是诚实的，虽然他们是以如此诚恳和善意的方式提出。当我完全将我的抱负和生命的道义置于生意之外，我不想利用您来将就自己。我当然会为我的薪水而为雇主提供等值的效劳，但当一个人的想法和胆量根本就不在生意上，去他父亲那里佯装有兴趣实现抱负，那将完全是另一码事了。我希望您能诚挚地信任我，同时也感谢您在这个声明中对我的美好动机。

理所当然的，您或许会对我的这些陈述感到困惑——我对写作的赤诚和对这一事业的奉献。的确，迄今为止我在这个行当取得的实绩很少，另一方面，在一天的工作之后我所余的时间有限，而且在很长的将来，我可能也只有同样窘迫的时间来完成它。尽管如此，我已经认识到，只有当我朝那个方向去实现自我时，我才会感到满足和精神的健旺。这是我的天性，您可能会承认，如果它是人为的或者后天获得的，或者只是一个年轻的念头，它早就被抛弃了，或用从金钱回报的角度看更有利可图的职业取而代之。因为我经历过一些非常艰难的情况，事实上，我现在又陷入了这种境地，口袋里只有不到两美元，而且不能肯定能找到什么工作。然而，无疑我会像从前一样，把我的手变得卑微和临时——我有很多朋友，他们中的一些人会借给我一些小钱，直到我能还清为止，而且总会找到一些工作。让我兴奋的是，有那么多杰出的人喜欢我的诗（在杂志和书稿上看到），并且觉得我为美国文学做出了真正的贡献。有尤金·奥尼尔，他是剧作家，《安娜·克利斯蒂》《琼斯皇》《毛猿》等的作者；沃尔多·弗兰克，可能是当代最杰出的小说家；还有阿尔弗雷德·斯蒂格里茨、加斯顿·拉查斯，他们是雕刻家，在塔里敦建造了著名的洛克菲勒陵墓和电话大楼里的石质壁画；还有查理·卓别林，现实生活中的他是一个非常博学和有修养的人。我希望您能见到我的一些朋友，他们不是您想象的那种"格林威治村民"。尽管很不容易，如果我能继续目前的发展，您在有生之年会看到"克兰"这个名字将是人们在讨论文学时必将提及的，不仅在纽约，还有伦敦和海外。

您这几天很忙，我很感激您信件中的琐细，我对自己的剖析也许让您感到厌烦了。您富有同情心，且忙于其他各种事务，你的头脑里充溢着无数要履行的细节和义务。然而，正如我以前说过的，除了坦率地告诉您有关我自己和我的兴趣之外，我别无他法，以免在您脑海中留下任何意外的事后看法，认为我有什么不在"克兰公司"工作的"个人"的借口。最后，我想请您思虑片刻，试着想象一下，为了纯粹的热爱而工作，只是为了生产一些美丽的东西，一些可能不能出售或用来帮助销售其他东西的东西，但这是人与人之间朴素的交流，是人类彼此理解与启迪的纽带，这才是真正的艺术品。如果您也这样做，也许您会知道我其实并不那么愚笨。毕竟，我所追随的似乎只是一颗看起来暗淡的星辰，我只想留下一些将来可能会证明有价值的东西。有时需要付出一点牺牲才能让你知道你自己内心的托付是值得付出的。我将为此奉献所有！

挚爱您的儿子

1924年1月12日

［马兵　译］

　　哈特·克兰（1899—1932），美国著名诗人，他创作起步很早，代表作有《桥》《远航》《白色房子》等。克兰的父亲是一名成功的商人，婚姻并不成功，克兰很早便离家到纽约独自生活。父亲希望安排儿子在自己的企业，给他优厚的待遇，但克兰回信婉拒了父亲的善意，并表明了自己对诗歌的虔诚之心。

致父亲的信

〔奥地利〕卡夫卡

最亲爱的父亲：

你最近曾问我，我为什么说怕你。一如既往，我无言以对，这既是由于我怕你，也是因为要阐明我的畏惧就得细数诸多琐事，我一下根本说不全。现在我试图以笔代言来回答这个问题，即便如此，所写的也仅仅是一鳞半爪，因为就在写信时，对你的畏惧及后果也阻塞着我的笔头，而且材料之浩繁已远远超出了我的记忆力和理解力。

对你来说，事情一向都很简单，至少你在我面前或不分场合在许多其他人面前是这样说起这事的。在你看来，事情大致是这样的：你一辈子含辛茹苦，为了儿女们，尤其为了我，牺牲了一切，因而我一直过着"花天酒地"的生活，享有充分的自由，想学什么就学什么，不愁吃穿，什么也不用操心；你并没有要求回报，你知道"儿女的回报"是怎么回事，但他们至少应该有一点配合，有一点理解的表示；我却从来都躲着你，躲到我的房间里、书本里，躲到一帮疯疯癫癫的朋友那里，躲到玄而又玄的思想里；我从未对你倾吐过肺腑之言，从未陪你去过教堂，从未去弗兰岑温泉探望过你，在其他方面也从未有过家庭观念，对生意以及你的其他事漠不关心，把工厂的一摊子事扔给你，就一走了之了，我支持奥特拉固执愤愤己见，我从未为你出过一点儿力（连戏票也没替你买过），却为外人赴汤蹈火。总结一下你对我的评价，可以看出，你虽然没有直说我品行不端或心术不正（我的最后一次结婚打算可能是例外），但你指责我冷漠、疏远、忘恩负义，仿佛这都是我的错，只要我洗心革面，事情就会大有改观，而你没有丝毫过错，即使有，也是错在对我太好了。

你的这一套描述我认为只有一点是正确的，即我也认为，我俩的疏远完全不是你的错。可这也完全不是我的错。倘若我能使你认同这一点，那么——开启崭新的生活已不可能，因为我俩年岁已大——我们就能获得某种安宁，即便不会终止，毕竟能缓和你那无休止的指责。

奇怪的是，你对我想说的话总有种预感。比如，你不久前对我说："我一直是喜欢你的，尽管我表面上对你的态度跟别的父亲不一样，这只是因为我不会像他们那样装腔作势。"父亲，我总体上从未怀疑过你都是为我好，但我认为你这话不对。你不会装腔作势，这是真的，但是仅仅因此就想断定别的父亲装腔作势，这要么是强词夺理、不容商量，要么就是暗示——我认为就是这样的——我们之间有点不对头，造成这种局面的原因你也有份，只不过你没有过错。你若真是这个意思，那我们的看法就一致了。

我当然并不是说，我成为今天这个样子都是你造成的。这样说未免太夸张了（我甚至倾向于这样夸大其词）。即便我在成长过程中丝毫未受你的影响，很可能也长不成你所中意的样子。我多半会很赢弱、胆怯、优柔寡断、惴惴不安，既不会成为罗伯特·卡夫卡，也不会成为卡尔·赫尔曼，不过一定与现在的我截然不同，这样我们就会相处得极其融洽。假如你是我的朋友、上司、叔伯、祖父，甚至岳父（尽管也有些迟疑），我会感到很幸运。唯独作为父亲，你对我来说太强大了，特别是因为我的弟弟们幼年夭折，妹妹们都比我小很多，（卡夫卡是家里的长子，两个弟弟都幼年夭折，六年之后，三个妹妹艾丽、瓦莉和奥特拉才相继出世。）这样，我就不得不独自承受你的头一番重击，而我又太弱，实在承受不了。

比较一下我俩吧：我，简言之，一个洛维（洛维是卡夫卡母亲的娘家姓），具有某种卡夫卡气质，但是使这种气质活跃起来的，并非卡夫卡式的生命意志、创业雄心、征服愿望，而是洛维式的刺激，这种刺激在另一个方向上比较隐秘、虚怯地起作用，甚至常常戛然而止。你则是一个真正的卡夫卡，强壮、健康、食欲旺盛、声音洪亮、能说会道、自鸣得意、高人一等、坚韧沉着、有识人之明、相当慷慨，当然还有与这些优点相连的所有缺点与弱点，你的性情以及有时你的暴躁使你犯这些毛病。如果与菲力普叔叔、路德维希叔叔、海因里希叔叔相比，你在世界观上可能并非真正的卡夫卡。这很奇怪，对此我也想不大明白。他们全都比你快活爽朗、无拘无束、逍遥自在，不像你那么严厉（顺便说一句，这方面我继承了你不少，而且把这份遗产保管得太好了，但我的天性中缺乏你所具备的必要的平衡力）。另一方面，你在这点上也经历了不同时期，或许曾经很快乐，直到你的孩子们，尤其是我，让你失望，使你在家闷闷不乐（一来外人，你就是另一个样子），你现在可能又变得快乐了，因为孩子们——瓦莉可能除外——没能带给你的温暖，现在有外孙和女婿给你了。

总之，我俩截然不同，这种迥异使我们彼此构成威胁，如果设想一下，我这个缓慢成长的孩子与你这个成熟的男人将如何相处，就会以为你会一脚把我踩扁，踩得我化为乌有。这倒是没有发生，生命力是难以估量的，然而，发生的事可能比这还糟糕。在这里，我一再请你别忘了，我从不认为这是你那方面的错。你对我产生影响是不由自主的，只不过你不应当再认为，我被你的影响压垮了是因为我心存恶意。

……

你在教育时所用的访谈手段影响尤其深远，至少在我面前从未失灵过，这就是：咒骂、威吓、讽刺、狞笑以及——说来也怪——诉苦。

幸运的是也有例外，这大多是你默默吃苦时，以爱与善的力量克服一切对立因素，直接拥有了爱与善。这种情形很罕见，却妙不可言。特别是以前当我看见：盛夏的中午，你在店铺里吃完饭后，疲惫地打个盹儿，胳膊肘支在桌子上；星期天，你精疲力竭地赶往我们所在的避暑地；母亲身患重病时，你紧紧抓住书箱，哭得浑身打战；我上次生病时，你蹑手蹑脚地走到奥特拉的房间来看我，在门槛上站住了，伸长脖子看看躺在床上的我，怕打搅我，只挥挥手表示问候。每当这种时候，我便扑到床上，幸福地哭了起来，此刻我写到这儿时，眼泪又夺眶而出。

你的脸上也会绽出一种特别美丽、十分罕见的微笑，一种沉静、满意、赞许的微笑，你向谁这样一微笑，他就会深感幸福。我不记得你曾明确地对孩提时的我这样微笑过，不过多半有过，你当时怎么会吝啬向我微笑呢，因为我那时在你心里还是无辜的，还是你的厚望。顺便说一句，这种和善的印象久而久之只加重了我的内疚，使我感到世界更加不可理解。

你听我讲明了怕你的原因之后，可能就会回答道："你说，我把我俩的关系说成是你的错，这样我就轻松了，我却认为，你虽然表面上在做努力，其实至少没有因为这个关系而感到心里更沉重，反而觉得大受裨益。一开始，你也矢口否认自己有任何过错和责任，在这一点上我俩的做法是一样的。然而接下来，我直言不讳、想啥说啥，把过错都推到你身上，你却想既'绝顶聪明'又'绝顶温柔'，也为我开脱所有的过错。当然，后一点你只是表面上做到了（更多的你也并不想做），你的'说法'五花八门，什么性格、天性、对立、无可奈何，这封信的字里行间却分明是在说，其实我是攻击者，而你所做的一切不过是自卫而已。现在，你已经通过你的虚伪达到目的了，因为你证明了三点，第一，你是无辜的，第二，过错在我，第三，你完全出于宽宏大量，不仅愿意原谅我，而且或多或少也还想证明并使自己相信，我——这当然不符合实情——也是无辜的。这样你该满意了吧，可你还嫌不够。你是打好了主意要完全靠我生活的。我承认，我俩互相斗争着，不过斗争也分两种。一种是骑士的斗争，独立的双方在相互较量，各自为政，输得光明磊落，赢得正正当当。另一种是甲虫的斗争，甲虫不仅蜇刺，还吸血以维持生命。这是真正的职业斗士，而你就是这样的斗士。你缺乏生活能力；为了让自己过得舒舒服服、无忧无虑，而且不必自责，你就证明，是我夺走了你所有的生活能力并把它装进了我的口袋。你现在用不着为缺乏生活能力而发愁了，责任都在我，你尽可以心安理得地仰八叉躺着，身体和精神上都让我拖着过日子。举个例子：你最近想结婚，同时又不想结婚，这你在信里也承认了，你自己怕麻烦，就希望我帮你下这个台，即我因为考虑到这一结合会'玷辱'我的名声而不准你结婚。我当时却根本没有这种念头。首先，在这事上和其他事上一样，我从来不想成为'你幸福的绊脚石'，其次，我从来不愿听到我的孩子这样指责我。我克制自己，结婚与否随你自便，可这有什么用呢？毫无用处。即使我不赞成，也阻止不了你结婚，相反，这倒会刺激你娶这个女孩，因为这样的话，'逃离的努力'——你是这样说的——就尽善尽美了。我允许你结婚，这也避免不了你的指责，因为你在证明，你不结婚无论如何都是我的错。实际上，你通过这事以及所有其他事无非是向我证明，我的一切指责都是对的，而且，其中还少了一个特别正确的指责，这就是指责你虚伪、为恋爱卑躬屈膝、是个寄生虫。如果我没怎么看错，你写这封信也还是为了当我的寄生虫。"

我对此的回答是，首先，这番驳斥——部分地也可用来驳斥你——并非你所说的，而是我的杜撰。就连你对他人的不信任也没有我的不自信——这是你教育的结果——那么强烈。我不否认这番驳斥有一定道理，它也为描述我俩的关系增添了新的内容。而在现实中，事情当然不可能像这封信所举的例子一样协调一致，因为生活不只是一场锻炼耐性的游戏；但是，这番驳斥会导致某种修正——我不能也不愿细述这种修正——那样，在我看来，就达到了某种十分接近于真理的认识，这样，我俩都会变得平和一些，生与死都会轻松一些。

弗兰兹

于舍勒森1919年11月

[张荣昌　译]

弗兰兹·卡夫卡（1883—1924），杰出的表现主义小说家，现代主义文学的奠基者之一，对后世影响卓著。代表作包括《变形记》《城堡》《审判》《饥饿艺术家》等。这封著名的《致父亲的信》写于1919年11月，卡夫卡原来似乎是打算将信寄给父亲的，但是他的妹妹奥特拉和母亲都劝他不要寄，于是他只得把信作为个人档案保存起来。这封未寄出的信是一份伟大的关于父子关系的剖白书。卡夫卡的父亲赫尔曼·卡夫卡白手起家，不懈工作，加上娶了富裕的啤酒坊主的女儿尤莉·略维，生活有很大改观。但他不断地给孩子们讲述青年时期那些困苦经历，埋怨子女，并用被卡夫卡称为"暴政"的方式管理家务和店务，给卡夫卡心理留下很深的阴影，也塑造了他看待世界的方式。他希望借这封信跟父亲交心地畅谈一次以疏解彼此的心结，但是目的终未达成。

巴顿将军给父亲的信

〔美〕巴顿

亲爱的爸爸：

我们参加了这次战斗，但没有我想象的那样使人激动，参战的人太多了，远不如我在墨西哥的时候。炮击开始时我还在想是不是应该躲到胸墙后面，但打仗就像洗冷水澡，泡到水里后就不在乎了。我很快就坐到了外面。7点时我开始向前进发，见到了一些死伤的战士。有个人抱着枪坐在掩体里，我还以为他藏在那儿不敢作战，过去想教训他一下，发现他已经死了，一颗子弹从他的右眼射了进去。

这时我的电话断了，于是我让副官留在那儿，带了一名尉官和四名传令兵去找我的坦克部队。坦克在战斗中大出风头，它们冲进树林，碾过战壕。我们碰见了不少坦克，但没找到我的坦克旅。我们继续到处走，路上经过了几个在炮火攻击下的村镇。我承认我曾想找个地方躲一躲再走，但很快就发现躲也没用。而且，我是那里唯一戴着校级军官肩章的人，我要做出点样子，不能辜负大家的期望。这倒也不太难做到，而且看到那些士兵们和伤员钦慕的样子，我就有了动力，虽然这样好像有点傻气。

我遇到了一个作战旅。人们都在掩体里，只有一名准将站在小山上，他叫麦克阿瑟。我和他站在一起，面对敌人的火力网，但火力不是很猛，不太危险。我猜想每个人都宁愿从战场上撤下去，但没有人想说出来，于是我们都守在阵地上。我在一个镇上遇到了一些步兵，恰巧又找到了几辆坦克，我让这些人都上了坦克，走在他们后面。路上有一些德国佬向我投降。走到下一个镇子时，那些坦克不知道都开到哪里去了，只有一辆坦克还跟着我。由于步兵不肯让我走在下面，我就坐到坦克上面给开坦克的战士鼓动。我们开进了镇子，又有大约30个德国兵向我们投降。我们士气很高。

离开镇子时我仍然斜坐在坦克舱盖上面，腿垂到坦克的左面。我突然看到坦克另一面的漆被打了下来，然后我看到前面敌人的机关枪在扫射。我一骨碌跳下来趴到一个不大的弹坑里。每次我露出头，德园佬都向我开火。我害怕极了，因为当时那里只有我一个人，步兵走在我后面大约几百码远的地方。如果我跑回去，步兵们会认为我临阵畏缩；但我也不可能独自往前冲。开坦克的人不知道我已经匆忙跳下了坦克，仍然在向前开。我想到可以斜着走，这样我就可以退回去而算不上逃跑。我仔细听着机关枪鸣响的声音，每当机关枪响起来，我就赶快卧倒，希望这样能避开子弹。我一边跑一边计算枪声和子弹的速度，这种计算方法我有生以来还是第一次用到。

我找到了率领步兵的少校，问他愿不愿意带人跟在坦克后面。他说不行，因为左翼的营还没有跟上米。（10分钟以后他被子弹打死了。）于是我长吸一口气，撒腿去追坦克，因为我绝不能让它独自去面对整城镇的敌人。这次我居然一点也不觉得害怕，也许是因为我脑海中想到的只有跟上那辆坦克。我看到敌人在向我开火，但我这次竟然连他们的子弹都不怕了。我见鬼似的拼命跑，跑到离阵地400码远的地方才追上它，用枪杆去敲后面的门。好在枪杆够长的，坦克里的中士看到我，敬个礼问我怎么了，我叫他向后转，他非常沮丧。回去的路上我走在坦克前面，因此很安全。我们找到了五辆坦克，决定进攻城镇。但有一辆坦克错误地向自己人的机关枪开火，我只好又跳出坦克制止它。我第三次跳出坦克是因为它们的行驶方向太偏向右侧了。好在这次敌人的机关枪手不是倒在地上，就是被我们的坦克赶得四散逃窜。我们占领了城镇。缴获了4门野战炮和16挺机关枪。

之后我沿前线走回去，想看一看左翼的那个营怎么样了。这段路很长，我有四天没睡觉了，而且在追击德国佬时把干粮袋丢了。我从一个死人身上找到了一些饼干，很干净，味道也很不错。只不过我更想喝一口我袋子里的白兰地。营里的少校正因为没有燃料，在那大喊大叫。他看上去非常疲惫，鼻子也被子弹打伤了。我说了几句安慰的话，独自向后方走，想去找一些燃料。战场上的情况和书里描写的差不多，但书里总有些夸张。死去的人大多都是头部中了弹。我们的人很多把敌人身上的纽扣什么的扯下来，但是他们都会把死者尸体的脸盖好。

我还看到一个不寻常的场面，可惜没有照相机。在一块空地上。9.7型炮弹打出了一个8英尺深15英尺宽的坑，坑边有一只死田鼠，是一只很瘦小的田鼠，个子还不如正常家鼠的一半大。战争波及的范围实在太大了。

13日我们没做什么，但14日我带领左翼的营追击敌人。我们到了一个地方，周围半英里没有部队。整个战场大概也找不到这样的地方了。我们的队伍开过去，遭到了德国佬的袭击，我们把他们追出了6英里，夺取了兴登堡战线上一个叫茹安维尔的城镇，缴获了整营的野战炮，12挺机关枪，但是没有抓到俘虏。我们离自己的阵地已经有8英里远，德军的大炮向我们开火。我们撤退时有4个人被打中了。这一天的开始很不错，但最后，我接到命令回去时坦克部队已出发，德国佬在那里等我们。那晚我们撤退到自己的防线，损失了4名战士。另外有4名军官和4名战士受伤。

我在的地方原来是栋房子，现在已经类似平地了。德国佬每晚7点半都对我们进行炮轰，现在又快到时候了，我该停笔，把写好的这些装入信封了。这封信写得有点自我中心，但希望您能喜欢读。战士的自尊与虚荣居然可以战胜恐惧，现在进行的这场战争扣人心弦，它不需要恐惧。我很好。我爱你们。

儿子

1918年9月20日

[李静滢　译]

小乔治·史密斯·巴顿（1885—1945），1909年毕业于西点军校，先后参加"一战"和"二战"。他作战勇猛，指挥果断，富于进攻精神，善于发挥装甲兵优势，实施快速机动和远距离奔袭，是盟军重要的军事将领。1918年9月，美法联军在法国圣米耶勒附近地区发动对德军的攻击，巴顿率领轻型坦克旅参与作战。战斗结束后，他给父亲写了这封信，描述战争的经历。二十多年后，重回欧洲的巴顿成为二战史上的传奇。

19岁的马克思写给父亲的信

〔德〕马克思

特利尔

1837年11月10—11日

于柏林

亲爱的父亲：

　　生活中往往会有这样的时机，它好像是表示过去一段时期结束的界标，但同时又明确地指出生活的新方向。

　　在这样的转变时机，我们感到必须用思想的锐利目光去观察今昔，以便认清自己的实际状况。而世界历史本身也喜欢把视线投向过去，并回顾自己，这往往使它显得是在倒退和停滞；其实它只是好像坐在安乐椅上深思，想了解自己，从精神上了解自己的活动——精神活动。

个人在这样的时机是富于抒情的，因为每一变化，既是绝笔，又是新的伟大诗篇——它力图使辉煌的、仍然融合在一起的色彩具有持久的形式——的序曲。但是我们还是要给一度经历过的东西建立起纪念碑，使这些东西在我们的感情上重新获得它在行动上已失去的地位。不过对于我们经历过的东西来说，哪里有比父母的心这个最仁慈的法官、这个最体贴的挚友、这个爱的太阳——它以自己的火焰来温暖我们愿望的最隐秘的中心——更为神圣的珍藏之所！而那些应受责备的坏东西，如果不是作为本质上必然的状态的表现暴露出来，又如何能够得到很好矫正和宽恕呢？至少那种经常倒霉的意外事件和精神迷惘，又如何能够不被责备为心灵的缺陷呢？

所以，当我在这里度过的一年行将结束，回顾一下其间所经历的各种情况，以便回答你，我亲爱的父亲，从埃姆斯寄来的那封极其亲切的信的时候，请允许我像考察整个生活那样来观察我的情况，也就是把它作为在科学、艺术、个人生活方面全面地展示出来的精神活动的表现来观察。

当我离开了你们的时候，在我面前展现了一个新的世界，一个爱的——而且起初是热烈追求的、没有希望的爱的世界。甚至到柏林去旅行我也是淡漠的，要是在别的时候，那会使我异常高兴，会激发我去观察自然，还会燃烧起我对生活的渴望。这次旅行甚至使我十分难受，因为我看到的岩石并不比我的感情更倔强、更骄傲，广大的城市并不比我的血液更有生气，旅馆的饭食并不比我所抱的一连串幻想更丰富、更经得消化，最后，艺术也不如燕妮那样美。

到了柏林以后，我断绝了从前的一切交往，有时去看人也是勉强的，只想专心致志于科学和艺术。

对我当时的心情来说，抒情诗必然成为首要的题材，至少也是最愉快最合意的题材。然而它是纯理想主义的；其原因在于我的情况和我从前的整个发展。我的天国、我的艺术同我的爱情一样都变成了某种非常遥远的彼岸的东西。一切现实的东西都模糊了，而一切正在模糊的东西都失去了轮廓。对当代的责难、捉摸不定的模糊的感情、缺乏自然性、全凭空想编造、现有的东西和应有的东西之间完全对立、修辞学上的考虑代替了富于诗意的思想，不过也许还有某种热烈的感情和对蓬勃朝气的追求，——这就是我赠给燕妮的头三册诗的内容的特点。无边无际的、广泛的渴求在这里以各种不同形式表现出来，使诗作不够紧凑，显得松散。

但是写诗可以而且应该仅仅是附带的事情，因为我应该研究法学，而且首先渴望专攻哲学。这两门学科紧密地交织在一起，所以一方面，我读了——不加任何批判地，只是按学生的方式——海奈克齐乌斯和蒂博的著作以及各种文献（例如，我把罗马法全书头两卷译成德文），另一方面，我试图使某种法哲学体系贯穿整个法的领域。我在前面叙述了若干形而上学的原理作为导言，并且把这部倒霉的作品写到了公法部分，约有三百印张。

……

这时我养成了对我读过的一切书作摘录的习惯——例如，摘录莱辛的《拉奥孔》、佐尔格的

《埃尔温》、温克尔曼的《艺术史》、卢登的《德国史》——并顺便在纸上写下自己的感想。同时我翻译了塔西佗的《日耳曼尼亚》和奥维狄乌斯的《哀歌》，并且开始自学，即根据文法学习英文和意大利文——直到现在还没有什么成绩，我读了克莱因的《刑法》和他的《年鉴》以及所有的文学新作，不过后者只是顺便浏览而已。

到学期终了，我又转向缪司的舞蹈和萨蒂尔的音乐。在我寄给你们的最后一册笔记中，理想主义渗透了那勉强写出来的幽默小说《斯科尔皮昂和费利克斯》，还渗透了那不成功的幻想剧本(《乌兰内姆》)，直到最后它完全变了样，变成一种大部分没有鼓舞人心的对象、没有令人振奋的奔放思路的纯粹艺术形式。

然而，只是在最近的一些诗中，才像魔杖一击——哎呀！这一击起初真是毁灭性的——突然在我面前闪现了一个像遥远的仙宫一样的真正诗歌的王国，而我所创作的一切全都化为灰烬。

在作这种种事情的时候，我在第一学期熬过了许多不眠之夜，经历了许多斗争，体验了许多内心的和外在的激动。但是这一切都没有使我大大充实起来，不仅如此，我还忽视了自然、艺术、整个世界，跟朋友们也疏远了。这似乎连我的身体也有反映。一位医生劝我到乡下去，于是我第一次穿过全城到了城门前走向施特拉劳。我并没有想到，虚弱的我，在那里会变得十分健康和强壮。

帷幕降下来了，我最神圣的东西已经毁了，必须把新的神安置进去。

我从理想主义，——顺便提一提，我曾拿它同康德和费希特的理想主义比较，并从其中吸取营养，——转而向现实本身去寻求思想。如果说神先前是超脱尘世的，那么现在它们已经成为尘世的中心。

……

请相信我，我亲爱的父亲，我绝不是出自自私的动机想回去（虽然再见到燕妮我会感到高兴），而是一个我不能说出的念头在推动我回去。对我来说，这在许多方面甚至是艰难的一步，但是，正如我唯一亲爱的燕妮信中所说，对于完成神圣的天职，所有这些考虑都应当打消。

我请求你，亲爱的父亲，不管你的决定如何，不要把这封信，至少不要把这一页给最亲爱的母亲看，也许，我的突然回家将使这位宽厚的崇高的女性恢复健康。

我寄给妈妈的信，是在接到燕妮的亲切来信以前好久写的；因此，我也许无意地写了许多不完全适当的或者完全不适当的事情。

希望笼罩着我们家庭的阴云慢慢消散，希望我能够和你们同受苦同哭泣，并且也许能够在你们身边证明我这一片深切而真诚的情意和常常表达得不好的无限的爱；希望你，亲爱的、永远敬爱的父亲，在考虑我的不安心情的各种表现时能原谅我，因为常常在心情似乎紊乱的地方，实际上是战斗精神在压抑着它；希望你早日完全康复，以便我能紧紧地拥抱你，向你倾诉我的衷肠。

永远对你敬爱的儿子　卡尔

亲爱的父亲，请原谅我写得潦草，文体又不好。已经快四点了，蜡烛已经燃尽，我的眼睛也模糊了。一种真正焦虑不安的情绪在支配着我，只有在我敬爱的你们身边，才能使焦虑不安的幽灵安静下来。

请向我亲爱的好燕妮致意！她的来信我已经看

了十二遍，每一遍我都发现引人入胜的新东西。这是一封在一切方面包括文体在内我所能想象的出自一位妇女之手的最好的信。

　　卡尔·马克思（1818—1883），德国伟大的思想家、政治家、哲学家、经济学家，第一国际的组织者和领导者，全世界无产阶级和劳动人民的革命导师，无产阶级的精神领袖，国际共产主义运动的开创者。主要著作有《资本论》《共产党宣言》等。这封信写于1937年，是马克思学生时代保存下来的唯一的也是最早的一封信。其时马克思19岁，在柏林大学学习法律，但他大部分的兴趣却在哲学和历史上。信中，马克思把自己对大学的理解和阅读兴趣的所在向父亲做了汇报，并初步表达了为理想主义而奋斗的志向。限于篇幅，我们收录时做了一定删节。

出版说明

　　本系列图书编选过程中，得到了许多师友的帮助与支持，在此一并致谢。虽经多方努力，仍有部分版权所有人未能于出版前取得联系，我们将委托中国版权中心代存、代转稿酬和样书，也恳请相关版权所有人知悉后与我们取得联系，及时奉上稿酬和样书为盼。

山东画报出版社文学编辑室

2018年9月27日